내일을 향해 쏴라

김동혁 장편 소설

FUSION FANTASTIC STORY

내일을 향해 쏴라 12

김형석 장편 소설

초판 1쇄 찍은 날 § 2015년 6월 16일
초판 1쇄 펴낸 날 § 2015년 6월 23일

지은이 § 김형석
펴낸이 § 서경석

편집책임 § 박가연

펴낸곳 § 도서출판 청어람
등록번호 § 제387-1999-000006호
등록일자 § 1999. 5. 31
어람번호 § 제1-2150호

주소 § 경기도 부천시 원미구 부일로 483번길 40 서경B/D 3F (우) 420-822
전화 § 032-656-4452 팩스 § 032-656-4453
http://www.chungeoram.com
E-mail § chungeorambook@daum.net

ISBN 979-11-04-90275-8 04810
ISBN 979-11-316-9142-7 (세트)

내일을 향해 쏴라

12

김형석 장편 소설

FUSION FANTASTIC STORY

CONTENTS

Chapter 1

1

"리 쇼우! 리 쇼우!"

"가왕! 가왕!"

수의 등골을 타고 찌릿한 전율이 흘렀다.

그간 무대에 설 때마다 적지 않은 환호와 박수를 받았다. 그러나 오늘처럼 열광적으로 쏟아지는 찬사를 받은 것은 처음이다.

특히 한 단어가 수의 가슴을 덜컹거리게 만들었다.

가왕(歌王).

상징적인 말이긴 하나 감히 청중평가단이 가왕이라 한뜻

으로 입을 모아 불러주는 것만으로도 감당하기 벅찬 희열을 느낄 수 있었다.

잠시나마 모든 걸 내려놓고 무대를 마친 후에 찾아오는 절정을 맛본 수가 마이크를 들었다.

"여러분, 제 노래가 그렇게 감동적이셨나요?"

어김없이 수 특유의 멘트가 터져 나왔다.

자칫 거만하게 들려 눈살을 찌푸릴 수도 있는 발언.

하지만 청중평가단 어느 누구도 그 말에 토를 달지 못했다.

저 말을 할 자격이 있다는 걸, 수가 무대로 증명해 냈기 때문이다.

"리 쇼우! 리 쇼우!"

"가왕! 가왕!"

더욱더 뜨거워지는 청중평가단의 반응에 수가 볼을 긁적였다.

"이런 말 건방지려나, 저 진짜 가왕 할까요?"

"……!"

수의 멘트에 대기실에서 실시간으로 무대 상황을 지켜보던 출연 가수들의 표정이 경악으로 물들었다.

중화권에서 왕(王)이란 표현은 절대적이다.

왕이란 호칭이 붙는 것만으로도 큰 영광으로 알고 살아간다.

한데 수가 가왕을 언급했다.

청중평가단이 먼저 입에 담긴 했지만 지금 발언은 마치 언제든 가왕에 오를 준비를 끝마친 듯 자신만만하기 그지없었다.

안 그래도 기분이 좋지 않던 출연 가수들의 반감을 살 수밖에 없었다.

'무대가 좋은 건 인정해. 하지만 가왕이라니……'

'애송이가 하늘 높은 줄 모르고.'

그런 마음을 아는지 모르는지 수는 여유로운 미소를 지었다.

"농담입니다. 가왕이라뇨, 아직 제겐 한없이 과분한 칭호 같네요. 그저 끝까지 절 믿어주시고 오늘 이 자리에 설 수 있게 해주신 것만으로도 감사합니다."

딱 거기까지였다.

깍듯한 마지막 무대 인사를 끝으로 수는 몸을 돌려 무대 뒤편으로 발을 뗐다.

바로 그 순간.

"……!"

공개홀이 떠나가라 박수 소리가 쏟아졌다.

짝짝짝!

잠시 멈칫했던 수도 흐뭇한 마음으로 무대를 내려갔다. 수가 무대 뒤로 자취를 감추고 난 뒤에도 박수 소리는 쉽게 사그라지지 않았다.

그 열기를 무대 옆쪽에서 가장 잘 느끼고 있던 MC 겸 출연 가수 뤄샤오이가 허탈한 표정을 지었다.

오늘은 그녀 역시 인생에서 손꼽을 수 있을 만큼 만족스러운 무대를 보였다.

청중평가단의 반응도 호의적이었으며 내심 상위권에 오를 거라고 자부했다.

'솔직히 경쟁이 안 돼.'

그러나 수의 무대는 급 자체가 달랐다.

같은 프로 가수끼리 이 정도 격차가 존재할 수 있는지 놀랍고 또 경악스러웠다.

'인정해야 해. 오늘만큼은 그가 가왕이야.'

뤄샤오이는 입술을 깨물었다.

이번 라운드에서 겨우 차이를 좁혔다고 여겼는데, 착각에 불과했다. 오히려 이전보다 더한 격차가 느껴졌다.

비단 그녀만이 느끼는 감정이 아니다. 대기실의 출연 가수들 역시 수와의 차이를 절감한 것은 마찬가지다.

"……."

그들은 할 말을 잃었다.

모니터로 송신되는 텅 빈 무대만을 멍하니 보고 있었다.

얄밉게 느껴지는 수의 발언 따위는 잊은 지 오래다.

시간이 흐를수록 수의 무대에서 벗어나는 게 아니라 외려 수가 보여준 무대에 대한 경이로움과 왠지 모를 자괴감에 빠져들어만 갔다.

'연출과 편곡이 중요한 게 아냐. 마지막에 보여준 성량은 인간의 것이 아니었어.'

'뭘 어쩌라는 거야? 이런 괴물을 데려다놓고 경쟁을 하라니. 애초에 게임이 안 되잖아.'

'내가…… 다음 라운드에서 이길 수 있는 상대일까?'

나도 가수다 프로그램의 모토는 경쟁이다.

경연을 통해서 누군가는 살아남고, 누군가는 탈락을 하게 된다. 이 경쟁에서 생존하는 유일한 자가 바로 가왕이 된다.

다들 내색은 하지 않지만 오늘 수의 무대를 보고 자신감이 사라지고 말았다.

장르와 스타일의 차이를 고려하더라도 마찬가지다. 절대 넘을 수 없는 벽 같은 게 가로막고 있는 듯한 막막함이 그들의 가슴을 옥죄었다.

"컷! 투표 결과 나올 때까지 개인 대기실에서 대기해 주세요."

"……"

대기실을 나서는 그 순간까지도 출연 가수들은 말이 없

었다.

뻔한 투표 결과 따위, 이미 관심 밖이다.

아니, 생각을 할 여유조차 없었다.

이미 그들의 머릿속은 수의 무대가 남긴 충격으로 하얗게 변해 버리고 말았으니까.

2

음악 감상실.

그곳 역시 출연 가수 대기실들과 별반 반응이 다르지 않았다.

딱 한 가지 큰 차이라면, 감동을 받은 장신위안이 훌쩍이고 있다는 점이다.

"처음이에요. 이렇게 노래를 듣다가 펑펑 운 일은."

눈가에 찬 물기를 휴지로 훔치며 그녀가 말했다. 감정을 아직 추스르지 못했는지 목소리가 미세하게 떨린다.

"······이런 말이 있습니다. 세상에서 가장 아름다운 소리를 내는 악기는 바로 인간이다. 리 쇼우 씨의 목소리는 아름다움 그 자체네요."

쩡바이후 역시 축축한 눈가로 말을 받았다.

음악적인 해석을 돕고자 이 자리에 앉아 있지만 오늘만큼은 그럴 수가 없었다. 그저 한 명의 청중으로서 수의 무대에 취해 감동을 받은 까닭이다.

그런 면에서 보면 유일하게 프로듀서 저우카이만이 이성을 유지하고 있었다.

"마지막 클라이맥스는 소름 그 자체였어요. 아직도 닭살이 가시질 않습니다. 확성기도 없이 수백 명이 모인 공개홀을 압도하는 성량이라니…… 이게 인간이 낼 수 있는 성량인가요?"

"그렇긴 한데 크게 들린다는 느낌은 없었어요. 집중을 해야 들을 수 있을 정도의 크기랄까? 한데 그래서 오히려 더 선명하게 귀에 들리는 것 같은 착각마저 들었어요."

그새 감정을 추스른 뤼샤오이가 말을 받자, 쌍바이후가 한마디 보탰다.

"그래서 더 감동적인 거 같습니다. 가슴이 쿵 내려앉는 기분이 들었으니."

"이런 말을 해도 될지 모르겠지만…… 격이 다른 무대라는 생각이 드네요."

저우카이가 조심스럽게 말을 꺼냈다.

어차피 2라운드의 대략적인 순위를 예상하는 코너가 있기는 하지만, 아무래도 이런 건 비교가 될 수 있는 민감한 사항이기 때문이다.

"저도 그걸 느꼈습니다."

"청중평가단이 모두 일어나 그를 향해 이렇게 외치더군요. 가왕이라고."

가왕은 되고 싶다고 해서 되는 게 아니다.

가왕을 만드는 건 청중이다.

노래에 감명을 넘어선 감동을 받았을 때, 마음으로 인정하고 우러러볼 때 진정한 가왕이 탄생을 하는 것이다.

"……들었습니다."

"참 어렵군요. 이걸 어떻게 받아들여야 할지."

나도 가수다 프로그램의 취지 자체가 가왕의 선발에 있다.

그런데 이미 청중들이 2라운드에서 수를 향해 가왕이라고 입을 모아 외쳤다.

물론 앞으로 라운드를 통해 어떻게 뒤바뀔지는 아무도 모른다. 경연 무대가 주는 변수는 누구도 예측을 하지 못하니까.

그래.

불과 조금 전까지만 해도 그런 생각을 가지고 있었다.

그러나 이제는 아니다.

세 사람은 말은 하지 않았지만 같은 생각을 하고 있었다.

'가왕은 이미 결정됐어.'

진정으로 청중들이 인정한 가수.

무대에 서는 것 자체만으로도 넘을 수 없을 거라는 절망감을 안겨주는 가수.

그것만으로도 그는 가왕이 될 모든 자격과 자질을 갖춘 셈이다.

3

공개홀 밖.

공정한 집계 방식을 통해 비공개 투표를 마친 청중평가단이 쏟아져 나왔다.

외부에서 대기 중이던 카메라와 방송작가들이 무작위로 청중평가단들에게 다가가서 오늘 있었던 무대와 순위에 대해서 물었다.

"1위요? 당연히 리 쇼우 씨죠."

"그냥 그런 걸 묻는다는 거 자체가 난센스네요."

"리 쇼우 씨. 그는 수준이 달랐습니다."

정말이지 수를 향한 극찬은 무대 밖에서도 끊이질 않았다.

보통 취향의 차이를 고려해서라도 그 결과가 다를 법한데 청중평가단은 하나같이 입을 모아서 수를 1위로 지목했다.

"이러면 영상 따기가 쉽지 않은데……."

다양한 반응이 나와줘야 차후 방송에서도 편집이 용이하다.

결국 방송작가들은 질문을 바꿨다.

"러샤오이 씨 무대 어땠어요?"

"서글펐어요. 가슴이 찡하던데요?"

어느 정도 성과를 내자 질문을 바꿨다.

"우위윈첸 씨 무대는 어떠셨는지?"

"괜찮긴 했는데…… 리 쇼우 씨한테는 한참 못 미친 거 같아요. 리 쇼우 씨, 최고!"

"……."

기승전이수라는 말이 떠오를 만큼 쏟아지는 극찬에 작가들도 결국 손발을 들고 말았다.

'하! 어쩌겠어. 앞의 무대를 죄다 오징어로 만들어 버린 리 쇼우 씨 탓이지.'

4

텅 빈 공개홀.

투표가 마감됐다는 연락을 받은 출연 가수들이 한자리에 모두 모였다.

일렬로 나열된 의자를 차지하고 앉아 있는 출연 가수들의 시선은 모두 수에게 쏠려 있었다.

'24살이라고 했나?'

'저 나이에 이런 음악을 할 수 있다니……'

'건방져. 벼는 익을수록 고개를 숙인다는 걸 모르는 건가?'

출연 가수들은 저마다 다른 생각을 품고 수를 힐끗거렸다.

그중에는 꽤나 노골적인 시선도 있는 까닭에 수도 알아채지 않을 수가 없었다.

'또 미움받아 버린 것 같네.'

예전 같으면 내심 서운한 마음도 들었겠지만 이젠 그런 생각도 들지 않는다.

가왕이란 하나의 목표에 도달하기 전까진 뒤를 돌아볼 생각이 추호도 없었다.

바로 그때 무대 아래에 있던 후준PD가 얘기를 꺼냈다.

"투표 결과가 나왔습니다. 금번 2라운드부턴 순위 발표는 제작진이 직접 하도록 하겠습니다."

저번 라운드에서 진행을 맡은 왕첸이 탈락했다.

본인의 입으로 탈락을 말하는 것만큼 잔인한 일이 또 있을까.

그밖에도 여러 가지 이유로 2라운드부터는 후준PD가 직접 탈락자를 밝히기로 했다.

"2라운드 1등은 무려 96%라는 청중평가단의 압도적인 지지를 받았습니다."

"……."

출연 가수들은 눈을 감으며 외면했다.

백분율의 비중으로 보아 몰표를 가져갔다고 봐도 무관하다. 나머지 여섯 명의 가수를 다 합쳐도 4%도 채 되지 못하니까.

'하아…… 얼굴을 들 낯이 없어.'

'내 스스로 부끄러워 숨고 싶을 지경이야.'

'대중들은 뭐라고 할까? 또 우릴 비교하며 놀림감으로 만들겠지.'

공정한 승부를 통한 결과이기는 했지만 같은 프로가수라고 보기에 민망할 격차다.

명확하게 수준의 차이를 보여준 수치라고 봐도 무관하다.

출연 가수 전원은 차마 고개를 들 수가 없었다.

그건 일종의 치욕이기도 했다.

"리 쇼우 씨입니다. 축하드립니다."

담담한 후준PD의 발표와 동시에 출연 가수들의 영혼 없는 축하 박수가 이어졌다.

"축하해요."

"축하합니다."

"아니에요, 다들 감사합니다."

수는 의자에서 일어나 좌중을 돌아보며 깍듯하게 예의를

갖췄다.

후준PD가 무대를 올려다보며 말을 이었다.

"1, 2라운드에서 1위를 차지함으로써 차후 리 쇼우 씨가 3라운드에서도 1위를 차지할 경우 나도 가수다 특별 조항이 발효됩니다."

"특별 조항이요?"

세세한 조항에는 별관심이 없던 터라 수가 반문했다.

"졸업입니다. 봄에 있을 가왕전 본선행 티켓을 확정짓는 것이죠."

"……!"

수가 깜짝 놀랐다.

다음 3라운드 1위를 확정지을 경우에 봄에 있을 가왕전까지 더는 경연에 참여할 필요가 없다는 의미인 것이다.

'이게 뭐야? 이거 원치 않게 강제 하차 당하는 기분이잖아.'

수는 지금 이 무대에 설 수 있단 것만으로도 늘 벅찼다.

바둑 쪽 일정을 병행하다 보니 몸이 힘들긴 했지만, 그것 역시 행복이라는 마음가짐으로 주어진 기회에 감사해했다.

그런데 본의 아니게 무대에 설 수 없을지도 모른다는 얘기를 접하니 기분이 미묘했다.

'적당히 2위나 3위 정도만 해버릴까?'

잠시 그리 생각도 해봤지만 결국 수는 그러지 못할 것이다.

무대에 서고자 한다면, 노래를 들어주는 청중을 위해 최선을 다해야 한다. 적당히라는 표현 자체가 수의 기준에 용납이 되지 않았다.

만일에 있을 수의 졸업에 가장 우려를 표하는 인물 중 하나는 바로 후준PD다.

'하! 다음 라운드에서도 리 쇼우가 1위하면 안 되는데. 여기서 시청률 보증수표가 빠져 버리면 김이 확 샐 거라고.'

지금 나도 가수다 시청률은 고공행진을 이어가고 있었다.

중국 예능 마의 시청률이라는 5%를 돌파한 것도 모자라 2라운드 본 방송에선 감히 6%의 시청률 갱신도 노려봄직 하다.

그런 이슈의 중심엔 바로 수가 있었다.

센세이션이란 말이 부족할 만큼 돌풍의 핵이다.

1라운드 수의 경연 영상은 한 주 사이에 조회수 2억을 훌쩍 돌파했다.

'……망할. 괜히 쓸데없는 규칙 따윈 만들어 가지고 내 발목을 잡은 꼴이라니.'

지금이라도 조항을 바꾸고 싶은 마음이 굴뚝같았지만 차마 그럴 수가 없었다.

나도 가수다 첫 방송 당시에 이미 룰에 대해서 공공연하게 밝힌 까닭에 이제 와서 번복을 할 수도 없는 입장이다.

사실 욕심을 좀 내긴 했다.

슬그머니 그런 룰 따위는 없애 버릴까 생각했으니까.

그러나 실행에 옮기지는 못했다.

비슷한 경우로 한국에서 나도 가수다가 방영될 당시에 규칙을 변경한 일이 있었다. 그 일로 인해 한국 나도 가수다가 대중의 신뢰를 잃고 시청률에 심각한 손상을 입은 전례가 있는 까닭이다.

"그럼 2위를 발표하겠습니다. 1.1%를 획득하신 뤄샤오이 씨. 3위는……."

연이어 순위 발표가 이어졌지만 그 누구도 관심을 두지 않았다. 아니, 딱딱하게 굳은 표정들에서 짐작이 가능하지만 그저 쥐구멍에라도 숨고 싶은 심정뿐이다. 저런 백분율로 2위니 3위니 들어봤자 창피함만 더할 뿐인 것이다.

"이번 주 탈락자는 0.1%의 지지율을 받은 리천 씨입니다. 수고하셨습니다."

탈락자 발표와 동시에 동료 가수들이 다가가 위로했다.

첫 출연과 동시에 탈락이라는 고배를 마신 리천도 웃곤 있지만 아쉬움과 씁쓸함을 감추지 못했다.

그렇게 나도 가수다 2라운드의 촬영이 종료되었다.

"이거야 원, 살다 보니 아들 덕에 팔자에도 없는 해외여행을 다 나가보네."

처음 떠나는 해외여행이기 때문일까.

늘 삶에 쫓겨 고단해 보이던 부모님의 얼굴에도 미소가 떠나질 않았다. 오늘만큼은 무뚝뚝한 아버지도 기쁨을 감추지 못했다.

"군소리 그만하고 짐이나 싸."

"이이 보소. 짐은 내가 싸지, 당신이 싸요?"

티격태격하는 부모님을 보면서 수도 덩달아 미소가 지어졌다.

"그러다 비행기 늦으면 어쩌시려고 그래요?"

"네 엄마가 이래. 바지런만 떨 줄 알지 실속이 없어."

"그놈의 잔소리! 간다, 가!"

엄마가 안방에서 끌고 나온 트렁크 가방을 보며 수가 입을 다물지 못했다.

"짐이 뭐가 이렇게 많아?"

끽해야 5박 7일의 일정의 중국 여행이다. 첫 해외여행이다 보니 과하리 만치 많이 챙겼다는 인상을 지울 수가 없었다.

"다 가져가면 쓸 데가 있어!"

"어련하시겠어요."

엄마의 흥을 깨기 싫어서 수도 말을 받아주었다.

이윽고 초인종 소리가 울렸다. 현관문을 열어보니 매니저 승원이 서 있었다.

"준비 다 하셨어요?"

"그렇긴 한데…… 수야, 정말 얻어 타고 가도 괜찮은 거니?"

미안한 인상을 지우지 못하는 부모님을 보며 수가 씨익 웃었다.

"따로 허락 구했으니까 걱정 마세요. 승원 씨, 우리 부모님들 잘 부탁드려요."

승원이 고개를 끄덕였다.

"최선을 다해서 모시겠습니다. 짐 이리 주세요!"

"이래도 되나……."

"생애 첫 해외여행인데 이 정도는 제가 해드리고 싶어요. 이 기회에 밴도 타보시고. 아셨죠?"

수가 안심시키자 머뭇거리던 부모님도 그제야 호의를 감사히 받았다.

"고마워, 아들."

"그런 말 하시지 말고 얼른 가세요. 이러다 비행기 늦겠네."

"갈게. 쉬어."

"다녀오세요. 승원 씨, 이따 전화 줘요."

작별을 고한 세 사람이 현관을 나서자 수는 큰 전쟁이라도 끝낸 것처럼 숨을 돌렸다.

"이러고 있을 때가 아니지."

곧장 방으로 들어간 수가 외출복으로 갈아입었다. 모자를 깊게 눌러써 최대한 얼굴을 가리곤 차 키를 챙겨 지하주차장으로 내려왔다.

세단을 타고 수가 향한 곳은 고은은이 머무는 오피스텔이다.

"또 나와서 기다리네."

오피스텔 근교 사거리에 다다르자 고은은이 기다리고 있는 모습이 보였다.

조금이라도 빨리 수가 보고 싶다는 예쁜 말과 함께 횡단보도 앞에 선 그녀의 이기적인 몸매와 맵시에서 눈을 떼지 못했다.

'어떻게 된 게 보고 또 봐도 질리지 않지?'

누구보다 그녀의 몸 구석구석을 알고 있다고 자부하는 수다. 하지만 그런 수가 만날 때마다 처음 만난 것마냥 가슴이 뛰게 만들 만큼 독보적인 미모다.

워낙 이국적인 매력이 강하다 보니 지나가는 남자들의 뭇 시선을 받는 건 당연했다.

"어? 어!"

멀리서도 눈에 띄는 스포츠카 한 대가 보였다. 어림짐작해도 몇 억대로 짐작 가는 외제차가 고은은 앞에 멈춰 섰다.

운전자가 보조석 창문을 내리더니 고은은과 뭐라 얘기를 나누는 게 보였다.

헌팅.

남녀가 처음 보거나 잘 알지 못하는 이성에게 호감을 느껴 번호를 따거나 데이트를 요구하는 일이다.

수는 열이 받았다.

"아주 제비가 따로 없네."

초조하게 신호가 바뀌길 기다렸다. 초록불이 딱 들어오자 냅다 차를 몰아 스포츠카 바로 뒤에 정차했다.

"어, 수 씨?"

고은은이 눈을 동그랗게 뜨고 쳐다보자 차에서 내린 수가 다가와 손을 딱 잡았다. 그러더니 고은은과 스포츠카 차주 사이에 껴서 말했다.

"죄송한데, 이 여자 제 여자거든요? 그쪽 여자 보는 눈이 있는 건 인정하겠는데, 싫다는데도 집적거리는 건 매너가 아니지 않나?"

모자를 푹 눌러쓴 수가 간접적으로 남자 친구임을 밝혔다.

"죄송합니다."

스포츠카 차주도 아차 싶었는지 더는 치근덕대지 못하고 쌩하니 도망치듯 가버렸다.

"언제 온 거예요?"

"좀 전에요. 일단 탈까요?"

두 사람은 세단으로 자리를 옮긴 뒤 대로를 질주하며 못 다한 대화를 이어갔다.

"역시. 그럴 줄 알았어."

"집요하게 굴어서 꽤 애먹었어요. 남자 친구가 있다니까, 그냥 친구라도 하자고 어찌나 조르던지. 한국 남자 집착하는 경향 있어요?"

운전대를 잡은 수가 한숨을 내쉬었다.

"하! 주제에 여자 보는 안목은 있어가지고. 내가 우아한 인격으로다가 참아야지."

"뭐예요, 그게."

고은은의 입가에 작은 미소가 걸렸다.

은근히 둘려 말하는 수의 의중에 그녀를 향한 애정 어린 칭찬이 듬뿍 담겨 있을 느낄 수가 있기 때문이다.

"근데 우리 어디 가는 거예요? 곧 있으면 나도 가수다 방영할 시간인데."

"좀만 더 가면 돼요."

목적지를 말해주지 않은 수가 도착한 곳은 신목동역 근처의 타워팰리스 주차장이다. 그곳에 차를 주차시킨 뒤 엘리베이터를 타고 38층까지 단숨에 올라왔다.

"수 씨, 여긴?"

앞서 걷는 수의 뒤를 따르며 고은은이 의아해했다.

타워팰리스는 상업 공간과 주거 공간이 복합된 건물인 만큼 입점된 레스토랑에 온 게 아닐까 내심 짐작하고 있었다.

그런데 수가 다다른 곳은 다름 아닌 상층부에 위치한 주거 시설이었다.

삑!

수는 도어락을 열더니 익숙한 손놀림으로 비밀번호를 눌렀다. 그러자 찰칵 소리를 내면서 잠금장치가 해제되었다.

"들어갈까요?"

영문도 모른 채 따라 들어온 고은은이 눈을 깜빡였다.

한강이 훤히 보이는 전망.

가죽 소파를 비롯한 고급스러운 가구들, 그리고 대리석 바닥.

한때는 그녀에게 숨 쉬는 것만큼 익숙하게 느껴지던 생활의 일부였으나 이젠 달랐다. 비좁은 서울 오피스텔 생활에 찌들다 보니 이 럭셔리함이 오히려 더 낯설게 느껴졌다.

"이게 다……."

"마음에 들어요?"

"네?"

"마음에 안 들면 안 되는데."

고은은은 멍했다.

도대체 밑도 끝도 없이 무슨 말을 하는 건지 갈피가 잡히지 않았다. 짚이는 게 없으니 답답함이 도를 더해 갈 때였다.

"……여기서 살아줄래요?"

Chapter 2

1

"뭐, 뭐라고요?"

고은은은 귀를 의심했다.

다짜고짜 끌고 온 것도 당혹스러운데, 수가 하는 말 자체가
너무 충격적이다.

"못 들은 거예요, 못 들은 척하는 거예요?"

"그게, 그러니까……."

"여기서 살아달라고요."

"……!"

잘못 들은 게 아니다. 제대로 들은 게 맞다.

무작정 살아달라니.

도대체 무슨 저의로 그런 말을 했는지 감이 잡히질 않는다. 말뜻을 알 수 없으니 어떻게 받아들여야 할지 모르고 난감함마저 들었다.

그런 그녀의 반응을 즐기며 수가 따뜻한 미소를 머금었다.

무슨 말이라도 더 해줄 법하건만 수는 웃기만 할 뿐 아무런 설명도 해주지 않았다.

"저더러 여기 들어와 살라는 거예요, 지금? 그런 거죠?"

"네."

수가 끄덕이며 말을 이었다.

"저 하나 보고 시작한 타국 생활이잖아요. 그간 변변찮은 선물도 하나 못 해주고, 고생만 시키고. 그래서 준비한 서프라이즈 선물이랄까? 여기서 살아요."

"싫어요."

고마운 마음을 전하는 수의 말이 끝나게 무섭게 고은은의 대답이 반자동으로 튀어나왔다.

"네? 왜요?"

내심 그녀가 기뻐할 거라 믿어 의심치 않던 수였기에 당혹감을 감추지 못했다.

"저 이런 큰 집 필요 없어요. 좁은 집에서 살 부대끼면서 더 가까이서 수 씨 보고 살면 그걸로 족해요. 이런 주상복합은 사치예요."

"아! 정말……."

수는 정말이지 뭐라 말을 잇지 못했다.

"이러니 내가 반해, 안 반해?"

"농담하는 거 아니에요. 저 괜찮으니까 계약 취소해요. 어서요!"

고은은은 진심인 듯 수를 끌고 얼른 나가려고까지 들었다.

어쩜 이렇게 예쁜 말만 골라서 하는지 수는 확 끌어안고 싶은 마음을 꾹 참았다.

"이미 계약도 끝내서 그건 어려운데. 그냥 살아야 할 걸요?"

"분명 방법이 있을 거예요. 그러니까……."

고은은은 진심으로 수에게 폐를 끼치고 싶지 않았다.

한국 땅에 머물게 된 건 온전한 그녀의 의지다. 수를 사랑하는 마음과 그에게 기대 산다는 건 별개의 문제다. 그녀도 당당히 자립한 성인인 것이다.

'이제 막 위로 올라가려는 사람이야. 걸림돌이 되고 싶진 않아.'

수는 앞으로 더 많은 일을 할 것이다.

짐이 되고 싶은 마음은 추호도 없었다.

문제는 그런 그녀의 마음만큼이나 수도 뜻이 확고했다는

점이었다.

"방법 없는데. 그럼 우리 타협하는 거 어때요?"

"타협이요?"

이런 상황에서 저런 어처구니없는 말을 꺼내는 저의를 그녀가 알 도리가 없었다.

"난 은은 씨가 여기 살았으면 좋겠고, 은은 씨는 여기가 싫다고 하니 다른 방법을 찾아야죠."

"무슨 말을……."

"우리 같이 살래요?"

"……!"

고은은의 심장이 덜컹 내려앉았다.

너무도 태연스럽게 말을 하는 수와 달리 빨라진 그녀의 심장박동은 당장 터져도 이상할 게 없을 정도로 과부하에 걸렸다.

'이, 이 바보 같은 사람.'

지금 눈앞의 수는 자기가 한 말의 의미를 전혀 이해하지 못하고 있는 듯 보였다.

여자에게 같이 살자는 말이 무슨 뜻을 가지고 있는지 말이다.

떨리는 심장을 겨우 진정시키며 고은은이 되물었다.

"지금 저한테 프로포즈한 거예요?"

"은은 씨가 보기엔 어떤 것 같아요?"

확인차 묻는 질문에 수는 아리송하게 대꾸하며 짓궂은 미소를 지었다.

"하여간…… 못됐어."

진심을 읽은 고은은이 수의 가슴에 슬그머니 머리를 기댔다.

무슨 말이 더 필요할까.

넓고 안온한 체온에 쉴 새 없이 쿵쾅거리던 심장박동이 안정을 찾았다.

그러자 고은은의 표정에도 여유가 묻어났다.

"이거 진짜 프로포즈 아니죠? 진짜 프로포즈면 나 거절할래."

"뭐라고요?"

"맨날 나 놀리는 남자 지겨워져서요. 반품할래요."

장난스럽게 말을 하는 고은은의 눈은 세상 어느 여자보다도 행복해 보였다.

"죄송하지만 고객님, 반품 안 되거든요?"

"그런 게 어디 있어. 완전 불량품인데."

혀를 삐죽 내밀며 불만을 표하는 그녀의 사랑스러움을 가만히 두지 못한 수가 와락 안아버렸다. 고은은도 수에게 두른 팔에 힘을 주어 파고들듯이 안겼다. 수의 심장 소리가 들리는 것 같았다.

그렇게 서로의 체온을 느끼며 얼마의 시간이 지났을까. 수가 나지막이 입을 열었다.

"상해에서 아버님 뵈었어요."

"우리 아빠를요? 언제요?"

깜짝 놀란 고은은이 눈을 동그랗게 뜨며 수를 올려다봤다.

수가 무슨 해코지라도 당했을까 우려 가득한 그녀와 눈을 맞추곤 안심시키듯이 얘기했다.

"은은 씨의 아버님이라 그런가? 좋은 분이시더라고요."

"……."

그럴 리가 없다는 걸 그녀가 더 잘 알고 있었다.

골수까지 차별을 바라는 최상류층에 속한 리밍은 딸인 고은은마저도 그들만의 특권을 유지하기 위한 도구로 활용하고자 했다.

고은은의 흔들리는 눈동자에서 불안감을 읽은 수가 더 밝게 말했다.

"근데 절 인정해 주시진 않더라고요. 당연하죠. 능력도 쥐뿔 없는 놈이 자꾸 은은 씨한테 달라붙으니 성에 찰 리가 없죠."

"……."

밝게 말하고 있지만 그 자리에서 수가 당했을 모욕이 눈에

휜했다. 고은은은 차마 고개를 들어 수의 눈을 쳐다볼 수가 없었다.

"미안해요."

"에? 은은 씨가 왜 미안해요. 오히려 미안할 건 저예요. 그 자리에서 그만 아버님한테 실수를 저지르고 말았거든요."

"실수요?"

고은은이 고개를 들었다. 그러자 허공에서 두 사람의 시선이 겹쳤다.

"죽어도 못 보낸다고 했어요."

"아!"

"그래서 제가 더 잘하려고요. 보내주지도 않으면서, 못해주면 나 진짜 나쁜 놈이잖아요."

수는 그리 말하면서 주머니에 손을 찔러 넣었다 뺐다.

꾹 쥐고 있던 주먹을 펴자 손바닥 위에 반지가 놓여 있다.

"이, 이건……."

수는 말없이 미소를 머금은 채 고은은의 가늘고 흰 손을 당겨 자신의 손 위에 포갰다.

"당장은 아니에요. 조금 더 시간이 지나고, 우리 둘 다 조금만 더 자리를 잡은 다음에…… 나와 결혼해 줄래요?"

"……!"

끝내 수는 그녀의 눈가에서 눈물을 보이게 만들었다.

2

"콜록콜록!"

수가 가벼운 기침을 했다.

"감기냐?"

"감기까진 아닌 거 같고, 감기 기운 정도?"

이상민이 혀를 차며 고개를 저었다.

"어쩌다가?"

"무리해서 그런 거 같아요. 나름대로 컨디션 관리에 신경 쓰긴 했지만…… 밤비행기로 중국 왔다 갔다 하는 것만 해도 벅차요."

수는 몸이 축날 정도로 바빴다. 프로 바둑기사와 가수를 겸업한다는 것 자체가 곧 시간과의 싸움이었기 때문이다.

오늘은 병원을 찾았다.

약도 먹고 주사도 맞았다.

이틀 정도는 푹 쉰다고 쉬었다.

그런데도 불구하고 축적된 피로 때문인지 몸 상태는 좀처럼 호전될 기미가 보이지 않았다.

"몸이 보배다. 관리 잘해. 그보다 노래 정했다며?"

"김현식 선배님의 내 사랑 내 곁에 부를까 해요."

의자에 등을 눕듯이 기대어 앉은 이상민이 다음 나도 가수다 3라운드 선곡을 듣곤 감회에 사로잡힌 표정을 지었다.

"주옥같은 명곡이지."

"네, 미선이 나를 슬프게 했던 노래거든요."

원곡 가수 고(故) 김현식은 80년대에 주로 활동한 전설의 싱어 송 라이터다. '봄여름가을겨울', '사랑했어요', '비처럼 음악처럼' 등 이름만 대면 젊은 친구도 알 법한 대표곡을 다수 남겼다.

"잠깐!"

"왜 그러세요?"

"내가 기억하기로 내 사랑 내 곁에는 중국어 번안곡이 있거든?"

뭔가 잡히는 게 있는지 한참 인터넷을 검색하던 이상민이 무릎을 탁 쳤다.

"있네, 있어. 배우 겸 가수 알란탐이 표준어와 광동어 두 가지 버전으로 발표했었다."

"정말요?"

수의 표정도 덩달아 밝아졌다.

번안곡이 있다면 따로 개사를 하거나 음율에 맞춰서 번역을 하지 않아도 되기 때문이다.

"이거 편곡에만 힘주면 되겠는데 쉽진 않을 거야. 너도 알다시피 워낙 명곡인지라, 어디서부터 손을 댈지 난감하거든."

"안 그래도 그 점에 대해서 생각한 게 있긴 한데."

"뭔데?"

고집불통적인 성격이 강한 이상민이지만 음악에서만큼은 폭 넓게 받아들이는 편이었다.

"세션 없이 가볼까 해요."

"뭐? 뭐!"

너무 어처구니가 없는 말에 거의 눕다시피 의자에 기대어 있던 그가 균형을 잃고 휘청거렸다.

"그게 무슨 말인데? 저번 무대처럼 그냥 통째로 라이브로 간다는 거야? 그건 인마, 클라이맥스라 가능했던 거야. 완곡은 무리라고."

2라운드 하늘 끝에서 흘린 눈물의 편곡 방향은 명확했다.

1절의 애절함과 2절의 포효, 그리고 무반주, 무마이크 열창으로 진정성에 중점을 주었다.

처음부터 드라마적인 구성을 염두에 두고 상승구조를 가졌기에 마지막 클라이맥스에서 그 감동이 배가될 수 있었다.

"설마요. 제가 간이 좀 붓긴 했어도 멜로디 없이 가긴 좀 그렇죠."

"그럼 세션이 없이 가겠단 말은 무슨 뜻인데?"

"이거요."

수가 녹음실 한편에 세워두었던 기타 하드케이스를 들고 왔다.

드드득!

가죽 지퍼를 쭉 열자 최고급 솔리드 로즈우드로 제작된 일명 통기타, 어쿠스틱 기타가 들어 있었다.

"이 기타?"

"기억하시네요. 강진이 아저씨 유품이에요."

"먼지 많이 탔네. 너 관리 안 했지?"

"그러게요."

수가 순순히 인정했다. 핀잔을 주긴 했지만 이상민도 더는 뭐라 하지 못했다.

다 떠나서 죽은 김강진과 인연이 깊은 두 사람이었기에 기타를 보는 눈길엔 그리움이 담겨 있었다.

"이 녀석하고 저 둘만 무대에 오르려고요."

"잠깐, 너 설마 하니?"

짚이는 게 있는지 이상민의 눈이 커졌다.

그러자 수가 의미심장하게 웃으며 끄덕였다.

"원곡보다 훌륭한 편곡은 많지 않잖아요. 하물며 이런 명곡을. 미니멀하게 통기타 한 대의 선율에 맞춰 부를까 해요."

"······!"

이상민의 눈이 튀어나올 듯이 커졌다.

애처로운 피아노의 선율에 고 김현식의 거친 음색이 묘하게 어우러진 원곡을 통기타의 선율에만 의지해 보여주는 방식이 어떨지 상상이 가지 않았다.

'강진 아저씨.'

유품이나 다름없는 기타를 쓰다듬으며 수는 고인이 된 그를 떠올렸다.

그가 아니었다면 지금의 가수 수는 없었을 것이다.

그 고마움만큼은 절대 잊지 않고자 고이 가슴에 아로새겨 두었다.

'이번 경연은 아저씨랑 나 둘이 같이 부르는 거예요. 아셨죠?'

3

한국기원.

LIG배 세계 기왕전 통합예선이 치러지는 주 대국실이 세계에서 모여든 프로 바둑기사들로 북적였다.

세계기전임에도 불구하고 시드권을 인정하지 않는 독특한

기왕전만의 규칙으로 예선에 불과한데도 탑 기사들의 면모를 줄줄이 확인할 수 있었다.

달리 말하면, 시드권을 인정해 주지 않음에도 탑 기사들이 참가할 만큼 기왕전의 명성이 높다는 뜻이다.

"왔어요?"

수가 주 대국실에 들어서자 원성진 4단이 아는 척을 했다.

"안녕하세요."

"뭐야, 어디 아파요? 몰골이 말이 아닌데?"

"별건 아니고 어제 잠을 잘못 잤는지 감기 기운이 좀 있네요. 콜록콜록!"

수가 손으로 입을 가리며 기침을 했다. 머리도 무겁고 몸도 으슬으슬 떨리는 게 오한이 든다.

안 그래도 근래에 몸이 축나는 기분이었는데 기어코 이 사달이 나고 말았다.

'요새 너무 무리해선가? 몸이 말이 아니네.'

사실 병을 살 만큼 무리한 스케줄을 소화하기는 했다.

한국과 중국을 왕래하는 수고스러움은 둘째 치고서라도 나도 가수다 경연과 한국바둑리그, 세계기전의 예선까지 병행하는 건 웬만한 사람은 엄두도 못 낼 강행군이다.

"진짜 얼굴이 안 좋네. 이러다 예선에서 떨어지는 거 아니야?"

"설마요. 본선은 가야 선배님하고 못 낸 결판 내죠."

"어쭈? 입은 살았는데?"

수도 아픔을 참으며 피식 웃었다.

공식 경기 1승 1패.

진성화재배에선 원성진 4단이 승리를, 한국바둑리그에서는 수가 승리를 챙겼다.

통합예선을 거쳐 본선에 진출하게 된다는 가정하에 기왕전에서 승리를 따내는 쪽이 상대 전적에서 앞서게 된다.

즉, 라이벌 구도에서 누가 먼저 주도권을 잡는가 하는 승부다.

"이왕이면 결승전에서 붙는 게 모양새가 좋겠는데, 올라올 수 있겠죠? 오늘 몸 상태를 보면 좀 간당간당해 보이는데."

"명필은 펜을 탓하지 않죠."

"이것 봐. 한마디를 안 진다니까."

원성진 4단이 어깨를 으쓱해 보였다.

한눈에 보기에도 수의 컨디션은 최악이다.

바둑은 머리를 쓰고, 심력을 소비하는 스포츠다. 감기에 걸리게 되면 머리 회전이 둔해지고 집중력이 현저히 떨어지게 마련이다.

수의 바둑 실력만큼은 이견을 달 여지가 없지만 그래도 우려가 되는 건 사실이다.

"아차, 그거 아나 모르겠네. 올해 승단 규정 바뀐 거 알아요?"

"승단 규정이요?"

대화를 나누는 사이에 수의 안색이 급격하게 어두워졌다. 컨디션이 뚝뚝 떨어지는 것이다.

"모르나 보네. 별건 아니고 세계기전에서 우승하면 승단대회 치르지 않고도 바로 9단으로 승단이란 규정이죠."

"정말요?"

"이게 다 내 덕이라고. 타이틀은 두 개나 가졌는데, 승단대회는 허구한 날 빠지니 협회도 짜증 난 거죠. 승단대회 자체가 유명무실해지니까. 결국 나 때문에 신설된 건데, 다시 말하자면 원성진 규정이랄까? 하하."

"……."

수의 볼이 실룩거렸다.

그의 말이 틀린 말이 아니라는 건 안다. 그걸 알긴 아는데 저렇게 대놓고 너무 자화자찬을 해대니 솔직히 밉상이란 생각이 든다.

"그러니까 기운 내서 본선에서 보자고. 또 알아? 최단기간 세계기전 우승으로 초단에서 9단으로 승단한 기사가 될지."

"어쩔 수 없네요, 선배님. 기대를 한 몸에 받으니 할 수 없이 승단해야겠네요. 그러자면 우승도 제가 해야겠고."

수도 밉상 어린 말로 받아쳤다. 이젠 면역이 되다 못해 그에게도 전염이 된 느낌이다.

멍한 표정을 짓던 원성진 4단이 피식 웃었다.

"한마디를 안 진다니까. 안 져. 그러니까 내 라이벌답게 본선에서 붙자고."

원성진 4단이 수의 어깨를 두드리며 격려해 주더니 손에 따뜻한 약병을 쥐어주었다.

감기에 좋다고 알려진 쌍화차다.

고개를 드니 고맙다는 말은 됐다는 듯 손을 휘적휘적 흔들며 흡연실로 가버렸다.

그의 뒷모습과 손에 쥔 쌍화차를 번갈아 보며 진심 어린 걱정을 느꼈다.

'……걱정 마요. 꼭 본선에 갈 거니까.'

라이벌이란 참으로 묘하다.

꼭 이기고 싶은 상대이지만, 다른 한편으로는 피하지 않고 겨루고 싶어 한다.

세계기전 우승과 관련한 9단 승단 소식도 컨디션이 떨어진 수에게 조금이라도 격려가 되지 않을까 하는 차원에서 한 말이다.

쌍화차를 단숨에 들이켠 수가 정해진 자리에 앉아 숨을 좀 돌렸다.

스타나 다름없는 수를 보며 숙덕거리거나 어떻게든 말을 걸고 싶어 하는 기사도 꽤 있었지만 대국 전이니만큼 실제로 그런 무례를 범하진 않았다.

지잉!

누군가의 방해에 수가 피곤한 얼굴로 주머니에 손을 찔러 넣었다. 휴대전화를 꺼내보니 한 통의 문자메시지가 도착해 있었다.

오빠! 잘 지내요? 중국 나가수, 대박 잘 보고 응원 중이에요. 많이 바쁜 건 아는데, 전화도 잘 안 받으시고, 답장도 없으셔서 저 완전 서운ㅠ 그래도 아는 척 좀 해주세요!

국보소녀 지아에게서 온 안부 문자다.

별 얘깃거리도 없으면서 꼭 하루나 이틀 걸러 한 번씩 연락을 해대는데 꽤 귀찮았다. 최근 들어선 아예 답장조차 하지 않았다.

'귀찮아. 언제 한번 확실히 선을 그어야겠어.'

눈치가 있다면 그녀가 수에게 관심이 있다는 건 누구나 알 수 있다.

수는 분명하게 밝혔다.

사랑하는 여자 친구가 있다고.

그런데도 지아는 친한 오빠 동생 사이라며 끊임없이 귀찮게 했다.

주머니에 휴대전화를 욱여넣은 수가 다시 눈을 감을 때였다.

"리 쇼우."

수의 인상이 찌푸려졌다.

'사람을 가만히 두질 않네.'

조금이라도 쉴 수 있는 시간이 방해당하자 기분이 좋지 않았다.

"왜 그러시죠?"

짜증 섞인 투로 말한 수가 올려다보자 예상 밖의 인물이 서 있었다.

"어? 어!"

천예오예 3단이다.

분명 수의 중국 이름으로 호명을 했음에도 이젠 언어의 장벽이 허물어질 만큼 자연스럽다 보니 인식을 못했던 것이다.

"여기서 뵐 줄은 몰랐네요."

수가 반갑게 일어나 손을 내밀었다. 악연에 가까운 관계였지만, 떠나는 고은은을 잡을 수 있게 도와준 일등 공신임에는 부정할 수 없다. 지금 돌이켜 보면 소중한 사람을 지킬 수 있게 도와준 은인이다.

천예오예 3단이 수의 손을 힐끗 보더니 무시하고 말을 이었다.

"은은이랑 연락이 안 되던데, 전화번호를 알 수 있을까?"

'이 사람은 반말이 아주 습관이네.'

기분 같아선 확 모른다고 잡아떼고 싶었지만 고은은을 생각해서 겨우 참았다.

낯선 타국에서 홀로 생활을 하는 고은은에게 친구인 천예오예 3단은 잠시나마 타지 생활의 고달픔을 잊게 도와줄 수 있을 거라는 생각이 들었다.

천예오예 3단의 휴대전화에 고은은의 번호를 입력해 줬다.

휙!

원하는 걸 얻은 그는 더 말도 섞고 싶지 않다는 듯 가버렸다.

"친하게 지낼 수 없는 인간이라니까. 콜록콜록. 하, 기침이 멈출 기미가 안 보이네."

수가 기침을 토해내며 다시 의자에 앉았다. 쉬지 않고 사람을 만나다 보니 그나마 있던 체력마저 바닥을 드러낸 기분이다.

마음 같아선 천근만근 무거운 눈꺼풀을 감고 잠에 들고 싶었다.

하지만 수의 바람은 이루어지지 않았다.

통합예선 첫 상대가 바둑판을 사이에 두고 건너편에 앉았기 때문이다.

"지금부터 통합예선 제1대국을 시작하겠습니다."

대국 시작을 알리는 것과 동시에 돌을 가르는 소리가 들렸다.

수는 허벅지를 꼬집으며 겨우 흐트러지는 정신을 부여잡았다.

'집중하자.'

돌을 가른 결과 수가 흑을 쥐게 되었다.

꾸벅.

예의를 갖추곤 흑돌을 집어서 착수했다.

탁!

이가 없다면 잇몸으로 산다는 말이 있다. 오로지 개인의 의지만으로 병마에 버텨내며 대국에 임했다.

4

통합예선 제1국에서 수는 승리를 거뒀다.

수의 실력을 감안하자면 당연히 따낼 승리라지만, 내용을 들여다보면 그렇지 못했다.

평소 보여주던 완전무결한 바둑과는 거리가 멀었다.

수답지 않은 실수도 몇 차례 보였고, 수읽기에서도 판단 착오를 일으켰다.

그럼에도 불구하고 수가 이길 수 있었던 건, 맹수의 본성에 가까운 승부사의 기질 덕분이다.

'……좀 쉬어야 할 거 같은데.'

대국에 모든 걸 쏟아붓고 나면 정말이지 기진맥진하다. 최고의 한 수를 추구하기 위해 혼을 다하다 보면 절로 몸이 축나기 때문이다.

하지만 수는 마음 편히 쉴 수가 없었다.

나도 가수다 제3라운드 경연이 주중에 예정되어 있기 때문이다.

더욱이 통합예선 일정인 화요일, 수요일, 목요일 중에 목요일이 나도 가수다 녹화 예정일과 겹치는 불상사가 벌어지고 말았다.

그러다 보니 연습할 시간이 촉박해졌고 자꾸만 무리를 하게 되었다.

"야, 오늘은 이쯤 하자. 그 목소리로 연습은 무리야."

이상민이 뜯어말렸지만 수는 요지부동이다.

"좀만 더 하죠. 이따가 약 먹고 자면 괜찮을 거예요."

"너 인마, 컨디션 관리도 프로의 자세야."

잔소리에도 불구하고 수는 뜻을 꺾지 않았다. 그저 연습에 몰두해서 어쿠스틱 연주에 맞춰 좀 더 진솔함을 담아낼 수 있는 표현을 찾고자 애썼다.

"말 좀 듣자! 그 정도만 불러도 절대 안 떨어져. 형 말 믿고 쉬자. 어?"

어떻게든 설득을 하려고 했지만 돌아오는 대답은 변하지 않았다.

"나 좀 편하자고 관객들을 실망시킬 수는 없어요."

그건 대중과 수와 한 약속이다.

한 번 무대를 떠난 적이 있던 수였기에 지금 이 무대의 소중함을 누구보다 잘 안다.

몸이 좀 아프다고 해서 대충 무대에 서는 건 용납이 되지 않았다.

끝내 미련하리만치 연습 할당량을 꽉 채우고 나서야 수는 연습실을 나섰다.

Chapter 3

1

"저 먼저 들어가 볼게요."

"딴짓 말고 가서 약 먹고 쉬어. 안 그러면 가만 안 둔다!"

수는 이상민의 잔소리를 들으며 밴에 몸을 실었다.

뒷좌석에 앉아 타워팰리스로 이동하는 내내 수는 비몽사몽 헤맸다. 무리를 해서인지 열이 더 올라간 것이다.

"수 씨, 왔어요? 어! 어? 몰골이 왜 이래요? 어디 아픈 거예요?"

현관문을 열자마자 고은은이 깜짝 놀라 어쩔 줄을 몰랐다.

한눈에 보기에도 수의 몸 상태가 말이 아님을 알아챈 것이다.

"감기예요. 좀 쉬면 괜찮으니까 너무 걱정 마요. 아! 오늘은 접근 금지. 혹시라도 은은 씨한테 옮으면 나 더 아플 거 같아."

그녀에게 걱정 끼치는 게 싫은 수가 좋은 말로 둘러댔다. 하지만 그럴수록 고은은의 걱정은 더욱 깊어만 갔다.

"병원은요?"

"좀 쉬면 나을 거예요."

그리 말한 수는 샤워를 하기가 무섭게 그대로 골아떨어졌다.

밤새 낑낑대며 힘들어하는 수를 바라보는 고은은의 마음도 편치 못했다.

'수 씨가 아픈 걸 보느니, 차라리 내가 아픈 게 낫겠어.'

결국 고은은은 밤새 수 곁을 지키며 간호했다. 할 수 있는 일이라곤 땀을 닦아주거나 이불을 덮어주고, 팔다리를 주물러 혈액순환을 돕는 게 다였지만 그거라도 해주고 싶었다.

다음 날.

좀 나아졌을 거라는 기대와 달리 수의 몸뚱이는 천근만근 무거웠다. 푹 잤음에도 불구하고 어제보다 더 몸이 안 좋아졌다.

"열 봐요. 손이 후끈거릴 지경이네. 도저히 안 되겠어요.

저랑 같이 병원 가요."

수의 이마를 짚어본 고은은이 억지로 끌고 가다시피 해서 병원을 찾았다.

"유행성 독감입니다. 주사랑 링거 맞으시고 푹 쉬셔야 돼요."

주사를 맞아야 한다는 말에 수가 고개를 저었다.

"죄송하지만 곧 있으면 통합예선이라 링거는 무리 같네요. 약만 지어주세요."

고은은이 그게 무슨 소리냐는 듯 눈을 크게 떴다.

"주사는요?"

"아무래도 대국에 영향을 줄 것 같아서……."

결국 수는 고집을 꺾지 않았다.

대신 약만큼은 꼭 챙겨 먹겠다는 약속을 하고 한국기원으로 향했다.

하지만 말뿐인 약속이었다. 결국 수는 약을 복용하지 않았다.

'대국 전에 감기약을 먹으면 머리가 굳어.'

바둑은 고도의 집중력을 요한다.

감기약의 주성분은 진통제, 소염제, 해열제 등으로 이루어져 있다. 그 까닭에 몸을 무디게 만들어 노곤하게 한다.

이 와중에 감기약까지 복용하게 된다면 대국이 불가능할

것 같았다.

그걸 알기 때문에 수는 감기약을 복용하지 않았다.

끝내 수는 만신창이가 된 몸으로 통합예선 제2대국에 임했다. 불행 중 다행이라면 통합예선 제2국 상대가 최근 좋은 성적을 보이지 못하는 정지훈 2단이라는 점이다.

탁.

수가 착점을 했다.

솔직히 말하면 멍해서 아무런 생각이 들지 않았다. 모양이나, 포석, 정석 등 초반 단계에서 생각할 요소가 한두 가지가 아닌데 머리가 돌아가질 않는다.

그러다 보니 제대로 된 바둑이 두어질 리가 만무했다.

수는 모양에 의지한 감각적인 바둑을 둘 수밖에 없었다. 한 번이면 끝날 수읽기를 두 번, 세 번 반복을 해서야 겨우 읽어낼 수가 있었다.

대국 내용은 정말이지 엉망진창이다.

정지훈 2단이 조급한 마음에 덩달아 실수를 저지르지 않았다면 이미 한참 전에 대국은 수의 패배로 끝났을 것이다.

남에게 보여주기 민망할 졸전은 계가 바둑까지 이어졌다.

결과는 놀랍게도 수의 한 집 반 승리다. 그야말로 운이 따라줬기 때문에 이길 수 있었던 대국이다.

의사의 말대로라면 쉬는 게 상책이지만 수는 그러지 않

왔다.

'······죽으면 영원히 쉬는 거. 지금은 쉴 때가 아니야.'

약해지는 마음을 채찍질해서 더 강하게 부여잡았다.

무리라는 걸 그도 안다.

하지만 쉴 수는 없었다.

바로 내일이 나도 가수다 녹화일이기 때문이다.

한국기원을 나선 수는 가시나무 녹음실로 향했다.

그쯤 하면 됐다고 좀 쉬라고 이상민이 다그쳤지만 수는 고집을 부렸다.

"지독한 놈. 그러면 약이라도 먹든가!"

이상민의 채근에도 수는 약을 먹는 시늉만 할 뿐 실제로는 먹지 않았다.

'약을 먹으면 성대가 둔해져. 근육도 나른해지고. 내일이 경연인데 오늘 연습을 날릴 순 없어.'

미련하다고 욕해도 상관없다.

결단코 연습을 포기할 수 없었다.

수를 기다려 주고 수의 노래를 들어주는 청중들을 향한 예의이기 때문이다.

결국 독감에 의지로 맞서며 마지막 노래 연습에 박차를 가했다.

하지만 한계에 부딪친 몸은 수의 의지를 자꾸 벗어났다. 박자도 놓치기 일쑤고 능수능란하게 다루던 기타 연주마저 자꾸만 실수를 연발했다.

"아, 죄송해요. 다시……."

녹음실 부스 밖에서 이상민이 참다못해 신경질을 냈다.

"그만하란 말 안 들려? 너, 형 말이 말 같지 않냐?

"마지막으로 한 번만 더……."

수가 창백한 얼굴로 부탁했다.

"뭐만 하면 마지막이다, 한 번만 더하자. 못 해! 그 몸뚱이로 내일 녹화는 어떻게 하려고? 끌려 나오기 싫으면 당장…… 수야!"

털썩.

이상민이 깜짝 놀라서 자리에서 벌떡 일어섰다.

부스 안의 수가 의식을 잃고 쓰러진 것이다.

2

종로 일각.

모처럼 홀로 나들이를 나선 고은은이 만난 사람은 친구인 천예오예 3단이다.

"여기야."

카페 구석에 자리를 잡고 있던 천예오예 3단이 손을 흔들었다.

2층 계단을 통해서 보이는 고은은의 미모는 한눈에도 독보적이다. 코트로 감췄음에도 여실히 드러나는 서구적인 라인은 지나가던 사람조차 한 번쯤은 돌아보게 만들 만큼 볼륨감이 넘친다.

"어, 저거 고은은 아니야?"

"그게 누군데?"

"그 있잖아, 정중앙 나오는 맛집 프로그램에 나오는 여자 게스트. 맞나 봐."

몇몇 사람이 고은은을 알아보긴 했으나 딱 그 정도다. 먼저 다가가 아는 척을 하고 사진을 찍자고 할 만큼의 스타는 아직 아닌 까닭이다.

고은은이 가볍게 숨을 몰아쉬며 손을 흔들었다.

"미안, 좀 늦었지?"

"아냐."

마주 앉자 천예오예 3단이 빤히 그녀를 쳐다보며 말했다.

"……협회에서 얘기 들었어. 휴직계를 냈다고. 쭉 묻고 싶었는데, 네 의지 아니지?"

"응."

많은 말을 하지 않았음에도 천예오예 3단은 대충의 사정을 짐작했다.

"한국 생활은 어때? 지낼 만은 한 거야?"

"좋아! 행복해."

지금 이 순간 고은은의 표정이 활짝 폈다.

적지 않은 시간을 그녀와 친구로 곁을 지낸 천예오예 3단
이지만 지금처럼 밝은 표정을 본 기억이 없을 정도로 행복해
보였다.

"……천만다행이네."

천예오예 3단은 쓰게 웃었다.

저 행복의 소중함을 일깨워 준 사람이 지금의 그가 아님에
더욱 쓰라렸다.

"나 한국 오기 전에 아저씨 만났어. 상해기원에 찾아오셨
더라."

"뭐?"

일시에 고은은의 표정이 딱딱하게 굳었다.

"내가 한국 가는 걸 아셨나 봐. 너한테 말 좀 전해달라더
라."

"뭐라고?"

"그쯤 했으면 됐으니까, 더 늦기 전에 상해로 돌아오래. 더
지나면…… 내 입으로 말하기도 부끄럽네. 네 선자리 급이 떨
어진다고 전해달라더라."

"……여전하시네."

고은은의 입가에 씁쓸함이 번졌다. 쉽진 않을 거란 건 알았으나, 조금이나마 이해해 주길 바랐는데 아무래도 어려워 보였다.

"넌 갈 생각 없잖아?"

"응. 안 가."

고은은은 고민할 여지도 없다는 듯이 똑 부러지게 대꾸했다.

천예오예 3단은 말없이 식어버린 아메리카노를 마셨다. 쓰다. 원두 고유의 쓴맛인지, 아니면 그의 입맛이 쓴지는 모르겠으나 굉장히 썼다.

"아저씨, 가만히 안 있을 거야."

"알아."

프로 바둑기사 자격을 정지시킨 것도 모자라 모든 계좌를 막았다. 고은은을 데려가기 위해선 더한 짓도 할 사람이 리밍이다.

"천예오예."

"어."

"나 그 사람한테 청혼받았어."

"……!"

"너무 기뻐서 눈물이 나더라. 이 사람이면 같이 갈 수 있겠다 싶어. 당장 식은 올릴 순 없겠지만, 둘이서 차근차근 시작할까 해."

고은은은 일말의 흔들림도 없이 확고하게 의지를 표현했다. 최상류층의 자제로 살아온 수십 년보다, 수와 함께한 지난 반년이 그녀의 인생에서 더 소중한 시간이었다.

"축하해."

천예오예 3단은 감정이 울컥했다. 축복을 의미하는 축하한다는 말이 이토록 슬플 수 있다는 걸 살면서 처음 깨달았다.

"고마워. 생각해 보니 축하받는 건 처음이네?"

고은은이 웃는다. 어딘지 모르게 쓸쓸함이 담긴 미소다.

"은은아."

"응?"

"조심해. 아버님 무슨 짓을 저지를지 몰라."

천예오예의 진심 어린 충고에 잠시 놀란 표정을 지었던 고은은이 고개를 끄덕였다.

"무슨 말인지 알겠어."

"너 말고. 난 네 옆에 있는 그 사람이 더 걱정된다."

"수 씨?"

고은은이 그게 무슨 말이냐는 듯 대꾸하자 천예오예 3단이 낮게 말을 이었다.

"내가 아는 아저씨는 절대 너 안 건드려. 너도 알고 있잖아? 자식이기 이전에, 넌 흠집도 나선 안 되는 보석이란 걸."

"걱정 마. 나…… 그런 사람 딸이야."

고은은이 찻잔을 쓸쓸하게 어루만졌다.

리밍에게 딸은 부의 세습과 독점을 위한 도구다. 그 가치를 정확하게 인지하고 있으며 어떤 식으로든 활용하려고 들 것이다.

"그럼 누굴 건드리겠어? 답은 나왔어. 리 쇼우를 건드리겠지."

"……!"

"아저씨라면 그 사람을 수단과 방법을 가리지 않고 망가뜨려서라도 너를 떼어놓을 거야. 내가 아는 아저씨는 그러고도 남을 분이셔."

"계속 듣고 있으니 슬퍼지네."

순간적으로 고은은은 멍했다.

아무런 생각도 들지 않는다.

하늘 아래 가장 소중한 사람인 수가 자기로 인해 해코지를 당한다는 생각이 드니 고은은의 머릿속이 백지장마냥 하얗게 변했다.

'어쩌면 이미 시작했는지도 모르고.'

얼마 전에 수의 중화권 가수 무시 발언이 큰 이슈가 되었었다. 그리고 그 타이밍에 맞춰서 펌한류가 들고일어나며 그야말로 재기불능에 가까울 정도로 수를 고립시켰다. 기적에 가까운 기자회견이 아니었다면, 중화권에서 수의 가수 생명은 그대로 끝이었다고 해도 과언이 아닐 만큼 큰 위기였다.

"고마워. 충고 새겨들을게."

그때 테이블 위에 올려두었던 고은은의 휴대전화가 울렸다. 발신인을 보니 수였다.

"잠시 전화 좀."

"받아."

고은은이 슬쩍 고개를 돌려서는 전화를 받았다.

"어, 수 씨. 네? 아, 상민 씨구나. 왜 수 씨 폰으로 전화를…… 뭐, 뭐라고요? 수 씨가 쓰러져요? 거기 지금 어딘데요?! 네, 알았어요. 지금 갈게요."

전화를 끊기가 무섭게 고은은이 가방을 들고 자리에서 일어났다.

"수 씨가 쓰러졌대. 못한 얘기는 나중에 하자."

"나 신경 쓰지 말고 가봐."

"미안."

말보다 먼저 몸을 돌린 고은은이 뛰쳐나가듯이 카페를 나섰다.

바로 옆 차창 아래로 거리로 나간 그녀가 택시를 잡는 모습을 지켜보는 천예오예 3단의 표정이 어딘지 씁쓸해 보였다.

3

"여긴⋯⋯."

몽롱했던 정신이 서서히 돌아온다. 뿌옇던 시야에 초점이 잡히고 낯선 천장이 보인다. 동시에 후각을 파고드는 소독약 냄새.

'병원이구나.'

어떻게 여기까지 오게 됐는지 과정을 알기 위해 애를 썼다.

'녹음실에서 갑자기 머리가 띵했어. 그러다 균형을 잃고 쓰러진 것 같은데⋯⋯.'

수가 찬찬히 기억을 더듬으며 그간의 전말을 대충 짐작할 때였다.

"이제 정신이 좀 들어요?"

"은은 씨."

고개를 돌리니 침상맡에 앉은 고은은이 손을 꼭 잡고 있었다. 퉁퉁 부은 눈을 보아하니 꽤나 마음고생을 한 듯싶었다.

그 뒤로 이상민의 모습도 보였다. 걱정 반, 화가 반인 표정이다.

"너 어떻게 된 애가 이 지경이 되도록 방치해! 프로의 덕목에 몸 관리도 있다고 말했어, 안 했어?"

"형, 귀 울려요."

"윽!"

힘없는 수의 한마디에 이상민이 입을 다물었다. 몇 마디 더 쏟아붓고 싶은 심정이지만 아픈 사람 앞에서 해봐야 의미가 없기 때문이다.

"지금 몇 시예요?"

"시간은 왜 물어? 이상한 생각 말고 그냥 쉬어."

행여나 수가 딴마음을 품을까 염려스러웠던 이상민은 대답을 해주지 않았다.

한데 대답은 예상외의 사람에게서 나왔다.

"오후 여덟 시요."

"제수씨!"

이상민이 살짝 목소리를 올렸다.

그러거나 말거나 고은은은 담담하게 말을 이었다. 그녀와 적지 않은 시간을 함께한 수지만 오늘처럼 목소리에 고저가 느껴지지 않는 경우는 처음이다.

"지금 녹음실로 가신다고 해도 말리지 않을게요. 근데 이거 하나만 기억하세요."

"뭘?"

"수 씨가 병실을 나서는 그 순간 전 중국으로 돌아갈 거예요."

"……!"

거의 협박에 가까운 말에 수가 깜짝 놀랐다. 중국으로 가겠다는 말은 모든 관계를 정리하겠다는 의미다. 오늘만큼은 무슨 일이 있어도 수를 푹 쉬게 만들겠다는 강력한 의지였다.

'지금이 아니면 기회가 없는데…….'

내일은 따로 시간을 빼서 연습할 시간이 없다.

통합예선 제3국을 마무리 짓기가 무섭게 곧장 중국 창사로 넘어가야 한다. 이동 시간을 감안하면 리허설을 하기조차 시간이 빡빡할 지경이다.

마음 같아선 한 번이라도 더 연습을 하고 싶은 심정이다. 하지만 고은은이 이별까지 내세우며 강건하게 나오는 통에 수도 더는 고집을 부릴 수가 없었다.

"……쉬죠."

항복 선언과 다름없는 말에 고은은과 이상민의 얼굴이 동시에 밝아졌다.

"인마, 잘 생각했어. 푹 쉬고 컨디션 회복하자."

"네."

수는 쓰게 웃으며 고은은을 보았다.

"저 좀 더 잘게요. 못 일어날 수도 있으니 아침에 꼭 깨워 줘요."

"네, 알겠으니 푹 자요."

고은은이 끄덕이며 이불을 목 끝까지 덮어주었다.

수는 눈을 감기 무섭게 잠이 들어버렸다.

방해라도 될까 싶어 고은은과 이상민은 조용하게 VIP병실을 나섰다. 고은은이야 밤새 곁을 지켜준다 쳐도 이상민은 더이상 이곳에 머물 이유가 없었다.

"전 괜찮으니까 들어가 계세요."

"저 앞까지만 배웅할게요."

마음씨까지 곱게 느껴지는 고은은을 보며 이상민은 부러워 죽을 것 같았다.

'진짜 세상은 불공평해. 왜 미녀를 독점하는 남자는 따로 정해져 있냐고!'

엘리베이터 문앞에 나란히 선 두 사람이 엘리베이터가 도착하길 기다렸다.

딩동!

벨소리와 함께 엘리베이터 문이 열렸다.

엘리베이터 안에서 모자를 눌러쓴 채 목도리를 칭칭 감아 입까지 가린 수상한 여자가 나오다 두 사람과 딱 마주쳤다.

"어? 상민 오빠?"

목도리 너머로 들려오는 가느다란 목소리에 이상민이 고개를 갸웃거렸다.

"네? 저 아세요?"

"저예요, 저."

"······!"

슬그머니 목도리를 내리며 드러난 얼굴은 이상민의 눈이 부릅떠졌다.

크진 않지만 얇은 쌍꺼풀, 백옥 같은 피부에 계란형 턱 선은 전형적인 한국인이 좋아할 만한 미인상이다. 오죽했으면 시어머니조차 미워할 수 없다고 해서 국민 며느리란 별명이 붙었을까.

"지, 지아 씨!"

"쉿! 남들 들어요."

반가운 마음에 목소리가 올라가는 이상민의 입을 얼른 틀어막았다.

"저 매니저 오빠 모르게 온 거예요. 들키면 저 작살나게 깨져요."

"아, 죄송해요. 너무 반가워서 그만."

잠시 이목이 끌린 것을 느낀 지아가 얼른 목도리로 얼굴의 반을 가렸다. 모자까지 눌러쓰고 있으니 도저히 누군지 알아볼 길이 막막했다.

"우리 구면이죠?"

"구면?"

지아의 말에 아직 한국말이 서투른 고은은이 갸웃거리자, 이상민이 단어의 뜻을 알기 쉽게 설명해 줬다.

"안면이 있단 얘기예요."

"안면?"

"그니까…… 예전에 만난 적이 있다. 뭐 이런 의미?"

그제야 고은은이 말귀를 알아들었다는 듯이 고개를 끄덕였다.

"또 뵙네요. 반가워요."

지아는 그 말을 무시하며 자기 할 말만 했다.

"수 오빠 많이 아프다면서요?"

"……."

고은은은 살짝 이해가 가지 않았다. 의식을 잃은 수가 연락을 했을 리도 없을 텐데 어떻게 병원에, 병실이 있는 층까지 알고 왔는지 의아했다.

"깜빡 잊고 제수씨한테 얘기 못 했네. 제가 했어요. 아까 제수씨한테 수 핸드폰으로 전화하고 끊었는데, 바로 전화가 오더라고요."

"그렇구나."

대략적인 사정을 전해 들은 고은은이 납득했다.

"오빠 잠간 보고 갈까 하는데 몇 호실이에요? 실려 올 정도면 많이 아픈 거죠?"

"아, 수라면 지금……."

이상민이 헤벌쭉 하게 웃으며 설명을 할 때였다. 탁 치고 들어가며 고은은이 말을 잘랐다.

"죄송한데, 지금은 보기 좀 어려울 거 같네요."

"네?"

"막 잠이 들었거든요. 내일 중요한 대국도 있고. 시간 빼서 와주신 건 감사한데, 푹 쉬게 두는 편이 나을 것 같아요."

"……."

고은은이 선을 딱 긋자 지아의 눈초리가 좁아졌다.

두 여자의 시선이 허공에서 부딪치며 보이지 않는 불똥이 튀었다.

먼저 꼬리를 내린 건 지아 쪽이다.

아쉽다는 표정을 지으며 입술을 뾰루퉁하게 내밀었다.

"힝! 걱정돼서 왔는데, 어쩔 수 없네요. 쉬고 있는데 방해하면 안 되죠!"

괜스레 먼저 입원 사실을 알렸던 이상민이 미안해했다.

"여기까지 왔는데 서운하지 않아요?"

"서운하죠! 대박 서운하긴 한데, 어쩌겠어요. 잠이 들었다는데."

지아가 마지막 말에 가시를 잔뜩 담고선 고은은을 겨냥해 말했다.

"근데 간호는 누가 해요? 언니가?"

"네."

"그러시구나."

딱 거기까지였다. 두 사람이 공식적인 연인인 이상 지아에게 수와 고은은의 사이를 비집고 들어갈 틈은 없었다.

"그러면 저 이만 가볼게요. 수 오빠한테 안부 전해주세요!"

아쉬움을 뒤로하고 지아가 엘리베이터에 얼른 올라탈 때였다.

"저 수 씨한테 프러포즈 받았어요."

"……!"

지아와 이상민의 고개가 동시에 돌아갔다. 어찌나 놀랐는지 보름달만큼 동공이 확장되어 있었다.

지아는 세게 뒤통수를 얻어맞은 충격에 휩싸여 허탈한 표정을 지우지 못했다.

상처를 주는 말이 따로 있는 게 아니다. 누구에겐 축복 어린 그 말이, 지아에겐 심장을 후벼 팔 만큼 아픈 말이기도 했다.

"언니, 잔인하네요."

딩동!

때마침 엘리베이터가 도착했다. 충격이 사라지지 않은 지아가 뒤돌아 탑승하자 이어서 이상민도 탔다.

"저도 가보겠습니다. 수한테 정신 차리면 전화 달라고 전해주세요."

"네. 가세요."

고은은이 꾸벅 고개를 조아리며 마지막 인사를 했다. 엘리베이터 문이 닫히며 세 사람이 작별했다.

그들이 가고 난 뒤에 한참을 그 자리에 우두커니 서 있던 고은은이 돌아섰다.

"애도 아니고 유치하게 굴었어."

본인이 생각해도 어른스럽지 못했다는 생각이 들었다. 하지만 이쯤에서 확실히 못을 박고 싶은 게 솔직한 심정이기도 했다.

"욕하려면 욕해도 좋아요. 다만, 수 씨만큼은 죽어도 양보 못해."

Chapter 4

1

"수 씨, 수 씨. 일어나 봐요."

"……."

수가 천근만근 무겁게 짓누르던 눈꺼풀을 들어 올렸다. 몇 번이고 눈을 깜빡이고 나서야 흐릿했던 시야가 선명해졌다.

가장 먼저 눈에 들어온 건 고은은이다.

"정신이 좀 들어요?"

수가 작게 고개를 끄덕이며 몸을 움직여 봤다.

"으으."

겨우 몸을 틀었을 뿐인데 앓는 소리가 새어 나왔다. 생기가 고갈된 듯 몸에 기운이 없다. 하루를 푹 쉬었음에도 불구하고 아찔할 정도의 열감은 온몸에 그대로 남아 있었다.

"며, 몇 시예요?"

"여덟 시 반이요."

수가 잠시 머리를 굴렸다.

통합예선을 치르기 위해선 10시까지 한국기원에 도착해야만 한다.

몸을 움직여 보니 밤새 식은땀을 흘렸는지 축축하다. 샤워라도 하고 시간에 맞춰 도착하려면 머뭇거릴 시간이 없다.

"지금 무슨 생각하는지 알겠는데, 가지 마요. 이 몸으로 어딜 간다고 그래요!"

고은은이 참다못해 만류했다.

사랑하는 사람의 고통을 지켜볼 수밖에 없는 통증은 경험해 보지 않은 사람은 절대 모를 것이다.

"……가야 해요."

"수 씨!"

수가 억지로 웃었다.

"한 번만 봐줘요. 오늘만 버티면 돼요. 잔소리는 그때 가서 들을래요."

"……."

"저기 가서 씻으면 되죠?"

불덩이나 다름없는 몸을 끌고 수가 일어섰다.

제대로 몸을 추스르지도 못해 위태위태한 걸음걸이로 화장실로 향하는 모습을 보고만 있어야 하는 고은은의 억장이 무너졌다.

"……잡아요."

너무 안쓰럽고 걱정이 됐지만 그녀는 차마 수의 뜻을 꺾지 못했다.

"고마워요."

고은은의 도움을 받아 무사히 샤워에 임했다. 미지근한 물로 씻는 내내 오한이 들었는지 수가 몸을 오들오들 떨었다.

'이런 몸으로 뭘 하겠다고…….'

억지로라도 뜯어말리고 싶었다. 다 때려치우란 말이 그녀의 입안에 맴돌았다.

사전에 연락을 받고 대기 중이던 승원이 챙겨 온 사복으로 갈아입었다.

"하아…… 하아."

눈이 반쯤 풀린 수가 거친 숨을 토해냈다. 고은은이 걱정스럽게 이마를 짚어보더니 깜짝 놀랐다.

"열이 장난 아니에요. 수 씨, 이건 무리예요. 통합예선은 포기하고 오후에 나가수만 촬영하도록 해요, 네?"

"버, 버틸 수 있어요."

억지웃음을 지으며 수가 고집을 부렸다. 곁에서 지켜보는 고은은의 애간장이 시커멓게 타고 있는 것도 모른 채 말이다.

막 병실을 나서려는데 회진을 돌던 담당 의사가 들어왔다.

"그 몸으로 어딜 가신다고 그러십니까? 독감이라고요, 독감! 푹 쉬어도 모자랄 판국에…… 허! 혹시 샤워한 거 아니죠? 지금 제정신이에요? 죽는다고요!"

담당 의사가 열을 냈지만 수에겐 씨알도 먹히지 않았다.

"선생님, 저도 먹고살아야죠."

결국 수는 병실을 나섰다.

주차장에 대기 중이던 밴에 고은은도 따라 탔다. 수가 그녀를 쳐다보자 확고한 표정을 지었다.

"혼자 보내고 걱정돼서 죽으라고요? 따라갈 거예요. 아파도 내 앞에서 아파요. 간호도 내가 할 거예요. 출발하죠."

아예 못을 박아버린 고은은도 함께 한국기원으로 출발했다.

수는 이동하는 내내 정신을 잃고 잠을 청했다. 조금이나마 쉬며 체력을 회복하고자 함이다.

"다 왔어요."

잠깐 눈을 감았다가 뜬 것 같은데 벌써 목적지에 도착해 있었다.

밴에서 내린 수가 찬바람에 기침을 했다.

"콜록! 저 혼자 가도 돼요."

"말했잖아요, 혼자 안 둔다고. 올라가요."

수는 단호한 고은은을 떼어놓지 못하고 함께 대국장으로 올라왔다.

안 그래도 유명인사라 주목을 받는 수다. 그런데 연예인 뺨칠 만큼 수려한 미모를 자랑하는 중국 여류 프로기사 고은은까지 함께 등장했으니 이목을 끌지 않을 수 없다.

"왜 둘이 같이 와?"

"소문에는 연인이라던데?"

"진짜? 노 났네, 노 났어. 누군 연애할 여유도 있고. 부러워 돌아가시겠네."

프로 바둑기사도 사람이다 보니 자연스럽게 이런저런 말들이 나왔다. 본선 진출 여부를 두고 사활을 건 대국을 앞둔 상황에서 연애를 하고 있으니 두 사람을 보는 시선이 고울 리가 만무했다.

"왜 둘이 같이 오지?"

통합예선 마지막까지 살아남은 천예오예 3단이 말을 걸었다. 두 사람이 가까운 사이라는 건 이제 와서는 그가 어쩔 수 없는 일이지만, 이렇게 공개적으로 붙어 있는 것에 대해서는 마음에 안 드는 눈치였다.

수를 지정된 자리에 앉히고 나서야 고은은이 대화를 이어갔다.

"그게…… 저 사람이 많이 아파."

"기권시켜."

여전히 까칠한 악감정이 묻어나는 투다. 중국어라 다른 프로 바둑기사들이 알아듣진 못했지만 악담이 맘에 들지 않는지 고은은이 눈치를 줬다.

"너 왜 그래? 시비 걸려면 가."

"시비? 쟤 몰골을 봐. 걸어 다니는 시체잖아. 제대로 대국이 가능할 거 같아? 이길 거 같으냐고."

"또 모르잖아. 너도 이긴 수 쎈데."

"……."

아무렇지 않게 던진 말에 천예오예 3단은 적지 않은 상처를 입었다.

다른 건 몰라도 바둑만큼은 고은은에게서 최고라는 찬사를 듣고 싶었다. 그런데 이젠 바둑과 남자 둘 모두에서 수에게 밀리고 말았다는 사실이 비감스러웠다.

"질지도 몰라."

"뭐?"

"상대가 시먼이야."

"시먼이면, 내가 아는 꼬맹이 시먼?"

"어."

고은은의 눈동자가 튀어나올 듯 커지는 순간이었다. 등 뒤에서 귀에 익은 반가운 목소리가 들렸다.

　"은은 누나!"

　휙 돌아보니 초등학생 3학년쯤으로 보이는 장난기 가득한 소년이 손을 흔들고 있었다.

　"시먼이구나! 못 본 새에 더 컸네?"

　천예오예 3단과 은은의 대화가 끝나기도 전에 그 주인공이 등장했다.

　"그지? 누나는…… 고새 늙었네. 헤헤."

　"또, 또. 누나 놀리지."

　시먼이 히죽 웃었다.

　"그보다 누나 왜 요새 기원 안 나와? 그때 나랑 같이 북경오리 먹기로 해놓고는. 거짓말쟁이."

　"그러네. 미안, 사정이 생겨서 못 갔어."

　시먼이 고은은에게 반가운 마음을 숨기지 않으며 친한 척 굴었다. 고은은도 친동생처럼 친하게 지냈던 사이였던 만큼 반가운 마음이 컸다.

　하지만 지금은 마냥 기뻐할 수만은 없는 상황이다.

　'하필 수 씨랑 시먼이 붙을 게 뭔데.'

　워낙 중국의 영토가 넓고 인구가 많다 보니 한 해에도 셀 수 없이 많은 천재가 등장한다.

그중에서도 시먼이 타고난 천부적인 자질은 가히 독보적이다.

특히 9살에 중국 최연소로 중국 프로바둑계에 입단한 천재다. 이 기록은 아시아를 통틀어서도 최연소 입단이다.

'그때도 잘 뒀었지만, 반년이 지난 지금은 또 얼마나 더 잘 둘지 가늠이 안 돼.'

시먼이 진짜 무서운 이유는 제동이 없는 가파른 성장세다. 스펀지가 물을 흡수하듯이 실력이 는다. 고은은은 태어나서 이렇게 빨리 기력이 느는 기사는 본 적이 없다.

오죽했으면 중국 언론에서 향후 3년은 천예오예 3단이, 3년 뒤는 시먼이 중국 바둑을 이끌 거라는 얘기가 공공연하게 나돌 정도다.

공식적인 기력은 아직 초단에 불과하지만, 초단이길 초월한 초단이란 말이 자연스럽게 따라붙는다. 빠르면 올해 타이틀을 따낼지도 모른다는 기대도 한 몸에 받고 있었다.

그게 지금 중국 바둑계에서 시먼의 위치다.

"나 지금 완전 신나는 거 있지. 천예오예 형이 진 상대랑 붙거든!"

"그, 그래?"

"천예오예 형도 센데, 그 형은 얼마나 셀까? 막 두근대는 거 있지. 어떤 바둑을 보여줄지 진짜 기대돼."

"……."

고은은은 난감한 표정을 지우지 못했다.

평상시라면 서로에게 좋은 대국이 될 거라 생각했겠지만 오늘은 수의 컨디션이 너무 좋지 않았다. 원래대로라면 대국 자체가 성사 불가능에 가까울 정도로 최악이다.

고은은이 시선을 돌렸다.

병든 닭 마냥 의자에 앉은 채 쉬고 있는 수가 너무도 딱했다.

'……말하지 말자.'

시면에 대해서 조심하란 얘기를 해줄까 하다가 말았다. 괜히 수에게 부담을 줄 수 있다는 생각이 들어서다.

대신 자판기에서 시원한 이온음료를 뽑아 바둑알통 앞에 두었다.

"마시면서 돼요. 전 방해 안 되게 나가 있을게요."

"신경 써줘서 고마워요."

대화를 끝으로 고은은이 대국장을 나섰다. 혹여 자신이 이곳에 있으면 수에게 방해가 될까 하는 우려 때문이다.

"지금부터 대국을 시작하겠습니다."

수는 숨을 돌리며 자신의 뺨을 살짝 쳤다. 조금이나마 흐릿해진 정신을 차리기 위해서다. 그러고 나서야 고개를 들어 자신의 앞에 앉은 상대를 보았다.

"어?"

수는 그만 깜짝 놀라고 말았다.

한국 연구생들의 평균 나이도 어린 편이긴 했지만, 설마 오늘 상대가 이런 앳된 소년일 줄은 꿈에도 생각지 못한 까닭이다.

시선이 마주치자 시먼이 히죽 웃었다.

"잘 부탁해요, 형!"

엉겁결에 고개를 끄덕이며 수가 돌을 가렸다.

짝.

수가 백을 쥐게 되었다.

"잘 부탁드립니다."

상호간에 예의를 끝으로 본격적인 대국에 돌입했다.

탁.

흑을 쥔 시먼이 선수로 좌하귀의 소목을 두었다.

자꾸만 오한이 들어 몸이 으슬으슬 떨리는 걸 참으며 수도 착점했다.

화점. 좌상귀를 차지하기 위함이다.

초반 포석은 순조로웠다. 큰 변화가 일어날 만한 구석도 없이 발 빠르게 큰 곳을 차지하는 것에 주안점을 뒀다.

'나이답지 않게 차분한 바둑이야.'

꽤나 의외다. 보통 나이가 어리면 의욕이 앞서게 마련이다. 승부욕이 강해 물러서기 보단 나아가길 좋아하고, 실리 바둑보다는 전투 바둑을 선호한다.

중반에 접어들었지만 별다른 전투는 벌어지지 않았다. 적 잖은 반발은 있었다지만, 적정선에서 타협이 이루어진 까닭 이다.

바둑은 자연스럽게 계가 바둑으로 기울었다. 독감으로 인 해 무뎌진 두뇌 회전은 형세판단 능력을 떨어뜨렸다.

'다행히 반면에서 앞서고 있어. 지금 이대로만 유지하면 돼.'

나름 끝내기에도 자신이 있던 편인지라 수의 긴장이 살짝 풀려질 때였다.

탁!

이때를 기다리고 있었던 듯 시먼이 숨겨두고 있던 칼을 꺼 내 들었다.

같은 시각, 대국장 밖.

복도 옆 대기의자에 앉아 대국이 끝나길 기다리는 고은은 의 얼굴엔 수심이 가득했다.

"얘기해 줄 걸 그랬나?"

자꾸만 후회가 됐다. 괜히 신경 쓸까 봐 말을 아꼈는데, 그 게 도리어 마음에 걸렸다.

하필 오늘 수가 독감에 걸린 게 화근이다.

계가 바둑으로 두어지게 되면 수에게 불리하다. 정신적으로나 육체적으로나 집중력이 떨어지는 걸 피할 수가 없기 때문이다.

평소라면 걱정하지 않는다.

수의 바둑은 완전무결하니까.

하지만 오늘은 다르다.

여러 가지 정황이 수보다는 시먼에게 유리한 쪽으로 흘러가고 있었다.

"……걔 끝내기 조심해요. 천예오예조차 몇 번이고 당할 정도니까."

2

신산(神算).

귀신같이 셈과 계산에 능력하다는 이 호칭이 붙은 최초의 프로 바둑기사는 이창호 9단이다.

우리에게 돌부처로도 잘 알려진 그는 그야말로 바둑계의 살아 있는 전설이라고 해도 과언이 아니다.

한 치의 오차도 허용하지 않는 치밀한 형세판단을 기반으로 경이로운 끝내기를 선보이며 귀신 같은 반집 승리를 가져

간다.

과거와 현재, 또 앞으로도 그처럼 많은 반집승을 많이 올린 기사는 볼 수 없을 거란 말이 나돌 정도로 그의 계가와 형세 판단, 끝내기는 적수가 없다.

중국은 늘 그런 이창호를 부러워했다.

왜 그런 기사가 우리 중국에는 없을까?

자존심이 하늘을 찌르던 중화권의 기사들은 반도의 이창 호란 벽을 번번이 넘지 못했다.

중국이 국가적인 차원에서 바둑을 지원하게 된 계기에는 돌부처 이창호라는 세기에 한 명 나올까 말까 한 기사를 넘어 서고자 하는 의지도 실려 있었다.

그 결과.

중국 바둑은 지난 몇 년간 눈이 의심스러울 만큼 빛나는 발 전을 거듭했다. 바둑이 학교 수업의 일부로 채택되고 각종 혜 택이 뒤따른 효과가 최근 들어서 성과를 보이기 시작한 것이 다.

그로 인해 몇 년 전부터 중국 바둑계에 천부적인 프로 바둑 기사들이 등장할 수 있었다. 그 대표적인 예가 천예오예 3단 이다.

그리고 최근, 다시금 중국 바둑계에 주목받는 신성이 한 명 더 증장했다.

시먼.

천부적인 자질을 타고난 9살 소년은 최연소로 프로 바둑기사 입단시험을 통과하며 한 몸에 주목을 받았다. 중국이 갖지 못한 단 한 명의 천재 기사 이창호 9단을 뛰어넘을 재목이라는 기대감이 용솟음쳤기 때문이다.

그 이유에는 이창호 9단을 빼다 박은 듯한 기풍이 자리하고 있었다.

속기 바둑이 대세가 되며 빠른 수읽기를 중심으로 한 전투 바둑이 활개 치는 가운데, 고작 9살인 소년이 돌부처를 연상케 하는 진중하고 무거운 바둑을 구사하는 것만으로도 기염을 토하게 만들기 충분했다.

그렇기 붙여진 별명이 소신산(小神算)이다.

하물며 시먼의 바둑은 강했다.

심지어 속기 바둑에서조차도 끝내기의 귀재란 이창호를 연상케 할 만큼 대단했다. 심심치 않게 반집 역전승을 선보이며 단숨에 기전의 본선 무대에 이름을 올렸다.

그런 시먼이 올해부터 본격적인 타이틀 사냥에 나섰다.

드디어 세계를 향한 출사표를 내던진 것이다.

그 첫발이 바로 LIG배 세계기왕전이다.

"……."

시먼이 슬그머니 눈을 치켜뜨며 상대 대국자인 수의 안색을 살폈다.

한 번 집중하면 웬만해선 바둑판에서 눈을 떼지 않을 만큼 집중력이 뛰어났건만, 오늘은 유독 수를 힐끗 보았다.

'많이 아파 보여.'

수의 눈동자는 반쯤 풀려 있었다. 숨소리도 거칠다. 한눈에 보기에도 지독한 감기에 걸렸다는 것쯤은 알 수 있다.

'천예오예 형을 이겼다기에 기대 많이 했는데…… 영 어설프게 두네. 쳇! 아파서 그런가? 강하단 느낌이 전혀 들지 않아.'

어린 시면에게 같은 상해 소속의 천예오예 3단은 우상과 다름없었다. 거침없이 강한 기풍은 둘째 치고서라도, 바둑을 대하는 태도와 자세는 표본으로 삼고 싶을 만큼 모범적이다.

그런 천예오예 3단이 작년 진성화재배 본선에서 수에게 졌다.

당시 아마추어에 무명이나 다름없던 기사에게 천예오예 3단이 패배한 일은 중국 바둑계를 술렁이게 할 만큼 큰 사건이었다.

당시 교류 차원에서 사천에 머물던 시면은 중계로 그 대국을 관전했다.

그때 느낀 충격은 아직도 생생하다.

투신 천예오예 3단의 맹공을 수는 유려한 춤사위를 떠올리게 만드는 행마와 모양으로 받아넘겼다. 그러다 찾아온 단 한 번의 기회를 놓치지 않고 천예오에 3단의 목덜미를 물어버렸다.

"저 사람이 아마추어라고요? 저렇게 잘 두는데?"

그 이후로 반하고 말았다.

물샐 틈 없는 막강함도 좋았지만, 한 가지 기풍에 얽매이지 않고 다양한 바둑을 구사한다는 점에 끌렸다. 기회가 된다면 꼭 한 번은 수와 진검승부를 벌이고 싶었다. 다만, 그 바람이 이렇게 빨리 이루어질 줄은 꿈에도 몰랐다.

'칫! 이건 무효야. 내가 기대한 리 쇼우 형의 바둑은 이런 게 아니라고.'

시먼은 울상을 지었다.

기대가 크면 실망도 큰 법인가. 감기 때문인지 수의 바둑에서 날카로움이란 찾아볼 수가 없었다. 겨우 균형을 유지할 만큼 아슬아슬한 바둑을 구사했다.

수와의 일전을 내심 기대하고 있던 터라 실망감도 더욱 컸다.

'재미없어. 더 둬봐야 실망만 늘 거 같아.'

형세판단상으로는 네 집 반 정도 시먼이 밀리는 형국이다.

그러나 시먼은 딱히 개의치 않았다.

그는 끝내기의 귀재, 이제 시작인 까닭이다.

중후반에 접어들자 시먼의 바둑이 180도 바뀌었다. 숨을 죽이고 있던 기운을 용트림하듯이 뻗어내며 끝내기로 판을 뒤엎기 시작한 것이다.

'얼른 이기고, 리 쇼우란 이름은 머리에서 지워야지.'

시먼은 패배를 생각하지 않았다.

3

'기세가 달라졌어.'

수는 의자에 엉덩이를 붙이고 앉아 있는 것만으로도 힘에 부쳤다.

열이 더 올랐다. 으슬으슬 춥다. 불굴의 의지와 정신력이 없었다면 진즉에 포기하고도 남을 만큼 몸 상태는 최악으로 치달았다.

탁!

선수를 쥔 시먼의 리드 아래 후반 끝내기에 접어들었다.

프로기사쯤 되면 모양만 보더라도 대략적인 변화가 그려진다. 그런데 혹이 보여주는 끝내기가 절묘했다. 아주 사소한 수 교환을 통해 한 집 내지 두 집을 부수거나, 확실하게 이득을 챙겨갔다.

수의 눈빛이 차분하게 가라앉았다.

중후반까지만 돌아보면 참 심심한 바둑이었다. 별다른 대치나 충돌도 없어 적절한 타협으로 득을 챙겨가며 집바둑으로 진행됐다. 실상을 알고 보니 이렇게 되길 기다렸다는 의미가 된다.

'끝내기에 꽤 자신이 있나 보네. 꼭 이창호 9단의 기풍을 보는 거 같아.'

착수가 이어질수록 수가 지키고 있던 리드가 서서히 무너졌다. 계획적으로 야금야금 좁히기 시작한 격차가 금세 역전당한 것이다.

문제는 수의 굳어버린 머리가 제대로 생각을 하지 못해 속수무책으로 당할 수밖에 없다는 점이다.

'지금처럼 둬서는 승산이 없어.'

수는 기력을 떠나서 건강 상태라는 변수를 계산에 넣었다. 입원하여 하루를 푹 쉬었음에도 어제보다 별반 컨디션이 나아지지 않았다. 오히려 무리해서 샤워를 하면서 더 나빠진 기분마저 들었다.

지금까지 둔 것도 기적인데, 매 수마다 변수를 감안하며 형세판단을 하는 건 지금의 몸 상태로는 무리란 결론이 섰다.

수가 힐끗 초시계를 보았다.

남은 제한 시간은 24분이 다다. 초읽기는 30초로, 최대 3회까지 가능하다.

'한 번에 모든 걸 쏟아부어서 판을 짠다.'

수는 남은 제한 시간을 모두 쏟아붓기로 결심했다.

그 말은 곧 다음 착수 전까지 대국의 모든 변화를 계산에 넣겠다는 심중이다.

누군가 이 얘길 들었다면 욕을 했을 것이다.

프로 바둑기사들이 호구도 아니고, 상대가 바라는 대로 둬줄 리가 만무하지 않은가.

수도 그걸 안다.

그럼에도 이런 판단을 내릴 수밖에 없는 이유는 분명하다. 반집 승부에 접어들게 되면 매 착수가 이루어질 때마다 변화를 감안하여 형세판단을 내려야 한다. 그러나 지금 수의 몸상태로는 그런 계산이 정확하게 이루어지기 어려웠다.

그래서 내린 결론이다.

한 줌의 집중력까지 쥐어짜내서 남은 끝내기의 변화를 계산하는 데 올인하기로.

설계대로 두어주면 이 대국은 수가 잡는다. 할 수 있는 범위 내에서 모든 끝내기의 변화를 계산에 넣어 반집이라도 이길 수 있는 계획을 짠 거니까.

문제는 시먼이 수가 미처 예상하지 못한 끝내기를 구사할 때다.

'그땐 깨끗하게 포기해야겠지.'

승부수.

최악의 상황에 몰린 수가 내릴 수 있는 최선이다.

4

똑딱똑딱.

무심히 초시계의 시침이 돌아간다. 하염없이 시간은 흘러가는데 수의 손은 바둑알통에 들어갈 기미가 보이지 않는다.

장고(長考)다.

'안 두나? 이제 삼 분도 안 남았는데, 무슨 생각을 저리 한대?'

시먼은 이해가 가지 않았다.

프로 바둑기사들에게는 효율적으로 제한 시간을 활용하는 것도 중요하다. 승부처에서 얼마나 많은 여유 시간이 있느냐가 좀 더 정확한 수읽기로 이어지기 때문이다.

그런데 수는 작정이라도 한 듯이 남은 제한 시간을 모조리 소진하고 있었다.

바둑이 후반에 접어들었다지만 적지 않은 끝내기가 남았다. 제한 시간을 모두 소진하고 초읽기에 들어선다면 수에게 엄청난 마이너스가 될 게 뻔했다.

딸칵.

시침이 멈췄다.

수가 모든 제한 시간을 소진한 것이다.

그러자 통합예선의 진행을 주관하던 계시원 중 한 명이 자리했다. 드물게 발생하는 초읽기를 초과해서 벌어지는 시간 패를 체크하기 위함이다.

그때였다.

석상마냥 굳어 있던 수가 바둑알통에서 백돌을 집어 두었다.

탁!

시면의 예상 범위 안에 있던 착수다.

'내 기대가 너무 컸었나? 난 또 뭐 대단한 묘수를 둔다고.'

피식 속으로 웃어버린 시면이 받아쳤다. 그러자 번개처럼 수가 손을 뻗었다.

탁!

망설임이 없는 착점이다.

그러나 그런 기세에 주눅이 들 만큼 시면은 무르지 않았다. 수가 제한 시간을 모두 소진하여 생각을 하는 동안 시면 역시 몇 번이고 끝내기를 검토하며 승리로 가는 설계를 마쳤다.

탁! 탁! 탁!

흑과 백이 번갈아가며 빠르게 바둑돌이 놓인다. 확신에 찬 돌들이다 보니 어느 한쪽도 머뭇거림이 없다.

그러길 십여 수.

멈칫!

거침없이 뻗어지던 흑의 착점에 제동이 걸렸다. 잠시 머뭇거리며 돌을 놓아야 할지 말아야 할지를 고민하던 시먼이 다시 손을 뺐다.

'반집. 반집 차이가 좁혀지질 않아.'

시먼이 마른침을 꿀꺽 삼켰다.

Chapter 5

1

쫓기는 쪽과 쫓는 쪽, 어느 쪽이 더 심리적으로 불안감을 느낄까?

상대적이지만 전자가 아닐까 싶다.

리드를 지키는 건 곧 불안감과의 싸움이다. 달리 말하면, 언제 따라잡힐지 모른다는 심리적인 압박감을 버텨내느냐 버티지 못하느냐로 갈리게 된다.

그런 의미에서 보면 세계 최정상급 기사들은 리드를 지킬 줄 안다. 그건 실력 차 이상의 여유가 있기에 가능한 일이다.

지금 시면의 심정이 딱 그랬다.

좁히려고 해도 좁혀지지 않는 반집의 격차.

이 반집에서 함부로 넘을 수 없는 세계의 벽이 느껴졌다.

'틈이 안 보여. 천예오예 형보다 더 높고 단단해.'

시먼의 장기는 끝내기다.

끝내기와 형세판단만큼은 어떤 프로기사가 와도 뒤지지 않을 거란 자부심도 있었다. 반집의 격차 따윈 그의 끝내기라면 단숨에 역전하고도 남을 자신이 있기에 더더욱 그랬다.

하지만 막상 뚜껑을 열어보니 결과는 사뭇 달랐다.

수는 거침없이 손을 뻗었다.

탁!

상대에게 위압을 주고자 함이 아니다. 바둑판 위에 돌이 놓이는 소리에 확신이 담겨 있었다. 그건 수읽기에 대한 자신감이다.

'아, 돌아버리겠네. 뭔 반집 차이가 이리 안 좁혀지지?'

되레 끝내기에서 차이를 좁히지 못하자 시먼이 조바심을 냈다.

탁!

초읽기에 몰리기도 했지만 흑돌이 놓이기가 무섭게 곧장 맞받아치는 수의 착점도 알게 모르게 압박이 되었다.

'더 생각할 필요도 없단 거야?'

시먼은 이런 기분을 처음으로 느꼈다.

승부를 포기하지 않는 이상 프로 바둑기사는 주어진 제한 시간과 초읽기를 모두 활용하여 고민을 하고 다음 수를 두게 된다.

그러나 수는 그러지 않았다.

어디서 나온 자신감과 확신인지 모를 정도로 흑돌이 놓이기가 무섭게 바로 맞받아쳤다.

그 확고한 대응이 오히려 시면에게 압박감으로 다가온 것이다.

'흔들리지 마, 시면! 뭐든 상관없잖아? 반패가 있는 이상 난 절대지지 않아.'

반패(半覇).

패의 일종으로 분류되나 패에서 승리한다고 해도 집으로 가져갈 수 없는 공배가 되어 반패라고 부른다.

그러나 만약 패에서 승리를 하고 상대가 선수로 이득을 보지 못한다면 반집은 따낸 돌 개수에 비례하여 한 집으로 계산이 된다.

'팻감은 내가 하나 더 많다고.'

시면은 절대 패배를 생각하지 않았다.

계가 바둑으로 접어든 대국이 막바지로 향했다.

이미 대국이 끝난 프로 바둑기사들은 최근 가장 주목받는 수의 바둑을 보고자 몰려들었다. 그들은 턱을 매만지거나 손

가락을 튕기며 각자의 버릇으로 형세판단을 내리느라 여념이
없었다.

'반집 차이인가?'

'이거 패에서 갈릴 공산이 커 보이는데.'

프로 바둑기사들의 형세판단은 정확했다.

반집의 격차를 알았고, 승기는 팻감이 하나 더 많은 시먼이
쥐고 있다고 생각했다.

거기까지 수읽기를 마친 몇몇 프로 바둑기사는 몸을 돌렸
다. 더 이상의 여지가 없는 이상 이 대국의 결과는 나왔다고
결론 내린 것이다.

'더는 수가 날 곳이 없어.'

시먼이 승리에 대한 확신을 갖던 때였다.

탁.

수가 백의 세력권에 돌 하나를 두었다. 고립되다 못해 별다
른 변화가 일어나지 않을 수였다.

그래도 시먼은 방심하지 않았다.

남은 제한 시간을 쏟아부어서 차근차근 수읽기를 몇 번이
고 했다. 그러고도 변화가 나지 않을 거란 걸 읽고 받아줬다.

'너무 질질 끄시네. 포기하시죠? 툭 까놓고 이제 팻감도 없
잖아요?'

탁!

수는 포기하지 않은 듯 돌을 집어서 두었다. 더는 수가 날 곳이 아니다. 마지막 발악인가 싶어 무시하려는데 순간 시먼의 안색이 딱딱하게 굳었다.

'여, 여길 먹여쳐?'

시먼은 심각한 얼굴이 되어 무릎을 손가락으로 톡톡 쳤다. 다시 처음부터 되짚어가듯이 수읽기를 해본 것이다.

'말도 안 돼. 아까 내가 둔 수가 자충수(自充手)라고?'

여태까지는 나름대로 승기를 확신하고 표정을 유지하던 시먼이었다. 하지만 낯빛이 변하는 건 순식간이었다. 시먼이 받은 충격은 생각 이상으로 커 보였다.

자기 딴에는 스스로 지키기 위해 둔 수가 결국에 가서는 자신의 목을 조르는 불리한 수로 작용한 것이다.

그 결과 수에게 팻감이 하나 더 늘어난 꼴이 되었다.

"아!"

"저, 저런 수가."

반사적으로 감탄사를 터뜨렸던 프로기사가 얼른 입을 다물었다.

타인의 대국을 관전하는 중에는 결코 입을 열어서는 안 된다는 불문율이 있다. 자칫 대국자들에게 방해가 될 수 있기 때문이다.

그걸 누구보다 잘 알고 있음에도 그 기사는 순간적으로 터져 나오는 탄성을 막지 못했다. 그만큼 조금 전 수가 선보인 먹여치기는 승패를 가르고도 남을 신의 한 수였다.

"······."

대국의 끝자락에 다다른 상황에서 시먼은 처음으로 등줄기에 식은땀이 흐르는 걸 느꼈다. 손바닥도 긴장으로 흥건히 젖어 있다.

'반집, 그 반집이 뭐기에······.'

어린 나이에 형용할 수 없는 허탈함이 밀려왔다.

다 잡은 승부를 놓쳤다는 아쉬움조차 들지 않았다.

차이는 명확했다.

고작 반집이라는 집수로는 계산할 수 없는 벽이 두 사람 사이에 존재했다.

'······졌다. 강해. 왜 천예오예 형이 졌는지 알 거 같아. 이형은 나보다 한 수, 아니 적어도 몇 수 위야.'

종이 한 장의 차이의 대국을 벌인 것 같지만, 보이지 않는 격차는 생각 이상으로 크다.

수가 읽은 맥점을 시먼은 생각조차 하지 못했다. 단순히 운이 없다는 말로 치부하기에 이 차이는 크다.

승부처에서 그 수읽기를 해낸 수와 해내지 못한 시먼 사이에는 이미 좁힐 수 없는 격의 차이가 존재한다고 봐도 무관하다.

"졌습니다."

시먼이 패배를 선언했다. 더 이상 해볼 건더기가 없다. 여기까지 와서 계가를 해보는 것조차 무의미한 까닭이다.

"수고…… 했습니다."

수가 기어들어 가는 목소리로 머리를 꾸벅였다.

아쉬움을 뒤로하고 시먼이 어색하게 웃었다.

"형, 진짜 잘 둔다. 나 여기서 먹여칠 거라곤 생각도 못 했는걸."

수는 지친 표정으로 말없이 시먼을 쳐다봤다. 눈이 딱 마주치자 머쓱해진 시먼이 뒷머리를 긁적였다.

"아, 형 중국어 할 줄 모르지? 그것도 모르고 나 혼자 너무 떠들었네."

"……여기."

입에 지퍼라도 채운 듯 꾹 다물고 있던 수의 입이 열리며 쉰 소리가 새어 나왔다.

"어? 형, 중국어 할 줄 알아?

시먼이 놀란 듯 눈을 동그랗게 뜨고 쳐다봤다.

그 시선에는 아랑곳 않고 수는 바둑판으로 시선을 옮기더니 좌하변으로 손을 가져갔다. 좌측에 놓인 사석을 집더니 번갈아가며 돌을 놓았다.

탁, 탁, 탁.

한마디 부연도 없다. 그저 말없이 돌을 놓을 뿐인데, 시먼의 입이 서서히 벌어졌다.

"이리 됐다면, 진 건 내가 됐겠지. 콜록콜록."

"……."

시먼은 적잖이 충격을 받은 듯 수가 복기한 좌하귀 백의 세력 쪽을 보는 시선이 멍했다. 넋이 나간 듯 입도 다물지 못했다.

'새, 생각도 못한 수야.'

수의 말대로다.

만약 저대로 두었다면…… 팻감의 우세를 앞세워 이 대국은 시먼의 승리로 끝났을 것이다.

그러나 승부의 세계에서 만약은 없다.

시먼은 졌다.

'난 한 곳도 아니고 무려 두 곳에서 수를 읽지 못했어.'

허탈함을 넘어서 시먼은 좁힐 수 없는 격차를 실감했다.

팻감을 보지 못한 건 실수라고 봐도 좋다.

그러나 역전을 할 수 있는 수가 있음에도 읽지 못했다.

수는 읽고, 시먼은 읽지 못했다.

한 곳도 아니고 무려 두 곳에서나.

시먼 본인도 느꼈겠지만 이 차이는 같은 프로 바둑기사라고 해도 메울 수 없을 만큼 큰 차이다.

"인정! 형, 진짜 세다. 천예오예 형보다 더 센 사람은 처음이야."

"너 천예오예 씨를 알아?"

이번에 놀란 건 수다.

꼬맹이 시먼의 입에서 생각지도 못한 사람의 이름이 튀어나왔기 때문이다.

"응, 같은 상해 소속이야. 나랑 친해!"

"아, 그러면……."

혹시 고은은도 아느냐고 물어볼까 하다가 말았다.

더 길게 시간을 잡아먹어선 곤란한 까닭이다.

'늦었어.'

손목시계를 보며 시간을 확인했다. 벌써 오후 1시가 넘어가고 있었다.

계가 바둑까지 가며 시간을 너무 허비해 버리고 말았다. 이리되면 가장 늦은 시간대의 창사행 비행기를 탈 수밖에 없다.

'최악의 경우엔 리허설에 차질이 갈지도…….'

그건 피하고 싶었다.

프로라면 무대에 서는 순간까지 완벽한 무대를 만들고자 노력해야 한다.

하물며 나도 가수다 경연이 어디 일반 무대랑 같나?

중화권 최고의 가수들이 이를 갈고 나와서 경연을 하는 프로그램이다.

이번 곡이 수의 솔로 클래식 기타 연주와 노래로 구성이 되어 있다고 하더라도 완벽한 무대를 위해 리허설은 포기할 수가 없었다.

수가 막 몸을 일으키려는데 시먼이 불러 세웠다.

"형."

"어?"

"시먼. 내 이름인데 기억해 둬. 조만간 형한테 다시 도전할 거야. 그러니까……."

도발적인 말을 날리는 시먼의 눈빛은 진지하다. 오늘은 비록 패배했지만 다음엔 꼭 이기고 말리란 결의가 보인다.

"그때까지 지지 마. 지면, 내가 용서 안 할 거야. 알았지?"

"노력해 보마."

'맹랑한 꼬마네.'

수는 아마 시먼을 잊지 못하고 기억할 것이다.

아직 나이가 어리고 경험이 부족해 대국을 읽는 눈이 부족했지만, 차츰 강자와의 대국을 통해 경험이 쌓이다 보면 자연스럽게 극복 가능하게 될 것이다.

그때가 온다면, 시먼은 정말 무시무시한 기사가 되어 있을 거다.

어쩌면 향후 십 년간 수와 대등한 입장에서 타이틀을 걸고 진검 승부를 벌여야 할 적수가 될지도 모른다.

수가 천천히 몸을 일으켰다.

긴장이 쫙 풀린 까닭일까? 잠깐 잊고 있었던 열감과 오한이 다시 시작됐다.

"수 씨!"

고은은이 걱정된 듯 얼른 다가와서 부축하려 했다. 수는 그 정도까지는 아니라는 듯이 손을 저었다.

"괜찮아요. 그보다 차는?"

"승원 씨가 시동 걸고 기다리고 있어요. 내려가기만 하면 돼요."

"늦겠다. 바로 움직여요."

숨 돌릴 틈도 없이 서두를 때였다.

수에게 찰싹 달라붙은 고은은을 보며 시먼이 삿대질을 하며 토끼눈을 떴다.

"형하고 누나 아는 사이였어? 근데 왜 나한테 말 안 한 거야? 서운하네."

"미안. 그럴 사정이 있었어."

고은은은 사정을 설명할 시간도 없다는 듯이 눈인사로 이별을 고하며 대국장을 나섰다.

"……."

한눈에도 가까워 보이는 두 사람을 말없이 쳐다보던 시먼이 부러워 죽겠다는 얼굴로 한마디를 툭 던졌다.

"저 형 부럽다. 누나랑 키스도 했겠지?"

어린 나이지만 알 거 다 아는 조숙한 소년은 수의 모든 게
부러웠다.

2

밴 실내는 호텔 객실을 옮겨놓은 듯한 안락함을 추구한다.

차 안이라는 한계 때문에 지면에서 올라오는 진동까지 차
단할 수는 없었지만 그래도 의자를 젖히면 웬만한 침대가 부
럽지 않을 만큼 편안하다.

"수 씨, 눈 떠요. 공항에 다 왔어요."

약을 먹고 곤히 잠을 자던 수가 눈을 떴다. 잠시라도 눈을
붙였던 덕인지 아까보단 한결 얼굴이 나아 보였다.

"시간이?"

"출입국 심사 하자마자 게이트로 이동하면 늦진 않을 거예
요."

그 얘길 듣자 수가 숨을 돌리며 안도했다.

고은은이 약기운에 이마에 맺힌 식은땀을 손수건으로 닦
아주었다. 아까보단 안색이 나아졌다곤 하나 그게 다다. 몸은
아직도 불덩이다.

수가 납덩이같은 몸을 움직이며 내릴 채비를 했다.

곁에서 지켜볼 수밖에 없는 고은은의 마음이 짠했다.

"저도 갈 거예요."

"어딜요?"

"창사요. 예매 취소한 표가 남아 있을 거예요."

"……!"

게슴츠레 뜨고 있던 수의 눈에 힘이 들어가며 번쩍 뜨였다. 수를 직시하고 있는 고은은의 동공에 진심이 보였다.

"수 씨 혼자 보내고 못 있겠어요. 걱정돼서 숨 막혀 죽느니 쫓아갈래요."

"하지만……."

"따라갈 거니까, 말리지 마요."

고은은은 절대 물러날 뜻이 없어 보였다.

진짜 겪어보지 않으면 모른다. 세상 무엇과도 바꿀 수 없는 소중한 사람이 고통스러워하는 모습을 보는 것이 얼마나 잔인한 일인지. 그걸 알면서도 떠나보내고 난 뒤 가슴앓이 하는 그 심정이 어떤지.

'보내놓고 마음 졸이느니 따라가겠어.'

막을 수 없다면 쫓아가는 편이 낫다. 조금이나마 곁에서 신경을 써줄 수 있는 까닭이다.

하지만 수는 그 마음을 받아줄 수가 없었다.

"안 돼요. 여기 계세요."

"왜요? 왜 안 된다는 거죠? 수 씨, 지금 많이 아파요. 옆에서 간호해 줄 사람이 필요하다고요."

진심을 몰라주는 것 같아 서운한 마음이 부쩍 든 고은은이 따졌다.

무표정하게 그 말을 모두 들은 뒤, 수가 어렵사리 말을 이었다.

"아버님이……."

"……!"

"어떻게 나올지 몰라요."

수에 대한 안위에 모든 게 쏠려 있었던 고은은이 고개를 돌리며 시선을 피했다. 시트를 내려다보는 시선엔 침통함이 가득하다.

"최악의 경우엔 내가 출국 금지를 당할 수 있단 얘기를 하고 싶은 거죠?"

"……."

수는 대답을 하지 않았다.

그러나 그 부정이 곧 긍정이리라.

고은은이 씁쓸한 표정을 지었다.

"제가 가면 수 씨가 더 신경 쓸 수밖에 없겠네요. 그렇다면 양보해야죠. 한국에서 기다릴게요."

"미안해요."

"수 씨가 왜 미안해요? 같이 갈 수 없는 제가 더 미안하지."

고은은은 쓴웃음을 지을 뿐, 더는 고집을 부리지 못했다.

수가 걱정되긴 했지만 누구보다 아버지 리밍을 잘 알기 때문에 내린 결정이다.

'날 붙잡아두려고 무슨 짓을 저지를지 몰라.'

설마 하니 리밍이 출입국사무소에까지 영향력을 행사해 출국을 정지시켜 버릴 수 있을 거란 생각은 들지 않는다.

하지만 다른 방식으로 고은은의 신변을 확보하여 행동을 막거나, 단 며칠 정도는 출국을 막을 수 있을 만한 재력을 갖추고 있었다.

그렇기에 당장 섣불리 상해로 떠나는 건, 돌아오지 못할 강을 건너는 행위와 마찬가지다.

공항 게이트 앞에 밴을 정차시킨 승원이 말했다.

"저, 서두르셔야 할 거 같아요. 두 분은 먼저 가계세요. 바로 티케팅해서 가겠습니다."

수가 철저하게 선글라스와 모자로 얼굴을 가렸다. 혹여 구설수에 오를까 고은은도 구비해 온 모자를 푹 눌러쓰곤 밴에서 내렸다.

관광객들의 시선을 받긴 했으나 그게 다였다.

재빨리 티켓을 끊어 온 승원 덕에 곧장 출국심사장에 들어

설 수 있었다.

"저는 여기까지만 배웅할게요. 더 가고 싶은데 갈 수가 없네."

아쉬움 가득한 고은은이 작별인사를 고하며 수를 꼭 안았다.

"떠, 떨어져요. 감기 옮아요."

수가 깜짝 놀라 밀어내려고 하자 고은은이 더 강하게 끌어안았다.

"싫어요. 나도 감기 걸려서 응석 부릴 거예요."

"은은 씨."

"조심히 잘 다녀와요. 차마 오늘은…… 잘하란 말은 못하겠네요."

지금 이 순간에도 출국을 못하게 막고 싶은 게 그녀의 심정이다.

"갈게요."

수는 눈짓으로 이별을 고하고 출국장으로 들어갔다. 등 뒤로 짐을 챙긴 승원이 따라붙었다.

멀어지는 수의 뒷모습을 하염없이 바라보던 고은은이 두 손을 꼭 모아 기도했다.

"제발, 아무 일 없기를."

3

"뭐가 어쩌고 어째?!"

나도 가수다 출연 가수들의 리허설을 진행하던 후준PD의 이마에 핏줄이 도드라졌다.

웬만한 일에는 이미 다 면역이 되어 있을 법한 현장 연출인 그가 순간적인 감정을 이기지 못할 만큼 충격적인 말을 들었기 때문이다.

"그러니까…… 그게…… 리 쇼우 씨, 건강상 오늘 리허설은 무리일 거 같다고."

조연출이 기어들어가는 목소리로 말했다.

후준PD는 어처구니가 없다는 듯 숨을 팍팍 내쉬었다.

"허! 내가 지금 뭘 들은 거냐? 다시 말해봐."

"……"

"다시 말해보라고!"

조연출은 뒷짐을 진 채 고개를 푹 숙였다. 누가 보면 이 사달을 낸 장본인이 그이지 않을까 싶을 정도로 숙연하다.

"이거 나가수야. 최고의 가수들이 모여 경합을 하는 프로그램이라고! 근데 리허설을 생략해?"

"몸이 너무 안 좋다고……."

"걔 지가 벌써 스타인 줄 아는 거 아냐?"

후준PD가 열을 내는 건 당연하다.

나도 가수다는 시청자에게 진짜 음악을 전달해 주고자 하는 취지에서 시작한 프로그램이다.

여타 예능 방송의 두 배에 가까운 제작비를 음향장비와 시설에 투자하면서까지 좋은 사운드를 전해주고자 노력한다.

그걸 가능케 하기 위해 가장 공을 들여야 할 것이 바로 리허설이다.

그 리허설이라는 과정을 통해서 조율을 해야만 가수에겐 최고의 환경을 제공하고, 청중평가단과 시청자에겐 최고의 음악을 선사할 수가 있기 때문이다.

이 소식은 스태프들을 통해서 일파만파 퍼졌다.

급기야 대기실에서 리허설을 준비 중이거나 마치고 메이크업에 공을 들이는 출연 가수들의 귀에까지 들어가게 됐다.

"뭐? 리허설을 생략해?"

데뷔 19년차 중화권 국민가수 샤오민이 인상을 팍 썼다.

무대를 죽을 자리라 여겼던 그에게 리허설이 갖는 의미는 절대적이다.

"그렇다더라고요. 아파서 못 한다던데. 너무 막 나가는 거 아니에요?"

몇 년째 샤오민의 스타일을 책임진 여자 코디가 한마디 보탰다.

"허! 그것참."

샤오민은 이 상황을 어찌 받아들여야 할지 난감했다.

건강상의 이유라 하더라도 무대를 대하는 태도로 볼 때 리허설 생략은 옳지 않다는 생각이 아직까지도 지배적이다.

'자만인가? 아니면 오만?'

최대한 이해하려고 했지만 안 좋게 비치는 건 어쩔 수가 없었다.

그런 삐딱한 시선은 젊은 출연 가수들일수록 더욱 강하게 느꼈다.

"……기분 나쁘군."

막 리허설을 마치고 대기실에서 소식을 접한 우위웬첸은 직설적인 감정을 숨기지 못했다.

그는 내심 수를 마음속으로 존경했다. 비록 국적도 다르고, 까마득한 후배지만 음악을 대하는 자세에 진정성이 느껴졌다. 기회가 된다면 언제고 꼭 술 한잔을 기울이며 음악에 대한 진솔한 얘기를 나누고 싶은 상대였다.

그런데 오늘 수에 대한 좋은 이미지가 깨졌다.

"프로그램에 출연한 중국 가수들을 싸잡아 무시한 기분이 들면 과한 건가?"

그리 생각하는 것도 과언이 아니다.

피해의식이라고 욕해도 상관없다.

얼마나 건강이 안 좋은지는 모르겠지만 리허설을 생략하고도 본 경연에 자신이 있을 테니 저런다고밖에 받아들일 수가 없다.

명백한 무시.

당연히 기분이 좋을 리가 없다.

여성 출연자인만큼 누구보다 메이크업에 많은 시간을 할애하는 뤄샤오이도 이 소식을 접했다.

"그래?"

의외로 그녀는 대수롭지 않다는 반응을 보였다.

"건강이 많이 안 좋나 보지."

"화 안 나세요?"

메이크업 스태프 중 한 명이 머리에 웨이브를 넣으며 그리 반문했다.

"왜 화가 나? 아프면 못할 수도 있지."

"하, 하지만……."

스태프는 거기까지만 말을 하곤 입을 다물었다. 예민할 수도 있는 일이다 보니 자칫 잘못 말을 뱉었다가 화를 살 수도 있다는 걸 그간의 경험으로 체득했기 때문이다.

뤄샤오이는 거울에 비친 이모저모를 뜯어보면서 말을 이었다.

"네가 뭔 말 하고 싶은지는 알겠는데, 화낼 필요 없어."

"네?"

"리 쇼우 씨는 실력으로 자기를 증명했고 청중평가단을 납득시켰어. 이 프로그램 룰은 순위를 매기는 경연이고, 그는 이겼어. 그거면 된 거야."

웨이브진 머리를 만지는 뤄샤오이의 눈동자는 차갑게 가라앉았다. 이미 증명이 된 수의 무대를 인정하고 존중을 하는 한편으로 가슴속은 부글부글 끓고 있었다.

'다 비겁한 변명이야. 이겨야 해. 기필코 3라운드에선 꺾고 만다고.'

감정을 겉으로 드러낸다고 해서 해결될 문제가 아니다.

결론은 결과로 말하는 거다.

그리고 오늘 뤄샤오이는 칼을 갈았다.

거울에 비친 고혹적인 자신의 모습 점검하며 뤄샤오이가 눈을 빛냈다.

'미안한데요, 리 쇼우 씨. 오늘 졸업은 어려울 거예요.'

Chapter 6

1

창사에 도착하기 무섭게 대기 중이던 밴에 납치당하듯이
실렸다.

저녁 퇴근 시간과 겹치기 전에 방송국에 도착해야 한다. 자
칫 지체라도 해서 교통체증에 시달리게 되면 녹화 펑크라는
초유의 방송 사고가 발생할 수도 있기 때문이다.

"우선 PD한테 건강상 리허설은 무리일 거라고 전해뒀습니
다."

오늘 공항까지 마중 나와 수의 스케줄을 책임진 건 리이펑
주임이다.

한동안 수가 크고 작은 일에 휘말린 통에 본사에서 장위안 실장이 나와 있었지만, 다시 잠잠해지자 본래 담당인 리이펑 주임이 전반적인 활동 스케줄에 관해 책임을 졌다.

"결국은 리허설이 어렵게 됐군요."

힘겹게 말을 잇는 수의 표정엔 아쉬움이 가득했다.

리허설은 곧 무대의 완성도에 비례한다. 사소한 디테일에서 무대의 질이 달라지는 걸 감안하면 오늘 무대는 수에게 두고두고 후회가 될 공산이 컸다.

"몸은 얼마나 안 좋은 겁니까? 한눈에도 많이 아파 보이는데."

"출국 전에 약을 먹어서 나아졌습니다. 무대엔 지장이 안 가도록…… 콜록콜록!"

말이 끝나기가 무섭게 수가 기침을 해댔다. 공항에서 내려 밴이 주차된 주차장까지 이동하는 동안 센 찬바람이 폐에 스며든 모양이다.

리이펑 주임의 표정에도 수심이 서렸다.

"대기실에 따로 의사를 대기시켜 뒀습니다. 무대 전까지 링거라도 맞고 쉬죠."

"그래야겠네요."

수는 다시 눈을 감았다.

잠시나마 주어진 이 시간도 허투루 쓰지 않고 회복을 위해

투자했다.

잠깐 잠이 들었나 보다. 눈을 떴을 때 밴은 방송국 주차장에 도착해 있었다.

"올라가죠."

리이펑 주임이 앞장을 서자 수와 메이크업과 스타일 담당 양미, 매니저 승원이 뒤를 따랐다.

엘리베이터를 타고 대기실에 도착하자 리이펑 주임이 시간을 확인하더니 재촉했다.

"넌 서둘러서 메이크업 먼저 끝내. 조금 있다가 사전인터뷰 녹화하고 바로 순서 추첨할 거니까."

"네!"

양미는 이런 쫓기는 상황에 익숙한지 서둘러 메이크업 가방을 꺼내 분칠을 시작했다.

똑똑.

노크 소리가 들렸다.

"들어와요."

리이펑 주임의 말이 끝나기가 무섭게 문이 열리며 의사 가운을 걸친 중년 남자가 들어왔다. 리이펑 주임이 오는 동안 언급했던 의사다.

"녹화까지 시간이 별로 남지 않았습니다. 서둘러 주세요."

의사는 능숙한 솜씨로 수의 핏줄에 주삿바늘을 꽂았다. 옷

걸이에 링거를 걸고 호스를 연결하여 수액이 흘러들어 가게
했다.

링거를 맞으며 수는 참 많은 생각이 들었다.

슈퍼스타Z 때도 경험을 했지만 방송을 하다 보면 정말이지
나라는 인간을 잃어버리는 걸 느끼게 된다.

처음엔 그저 가수란 꿈을 향해 내달리는 것만 해도 좋았는
데, 어느 순간 돌아보면 무언가에 쫓기듯이 의무적으로 매달
리고 있는 스스로를 보게 된다.

'뭐든 간에 하나만 명심하자. 날 믿어준 사람들에게 실망
을 줘선 안 돼.'

세상이 보는 건 과정이 아니라 결과다.

가수에게 결과는 무대다.

최악의 상황이 되어버렸다지만, 지금이라도 좀 더 나은 최
선책을 찾아서 노력을 해야 하는 게 진정한 프로의 자세라고
생각했다.

잠시나마 숨을 돌리는 사이 링거의 수액이 2/3쯤 줄었다.

똑똑.

노크 소리가 끝나기 무섭게 스태프가 문을 열며 공지했다.

"삼 분 뒤에 사전인터뷰 녹화 들어갑니다. 스탠바이해 주
세요."

스태프가 나간 뒤 수가 뒤의 소파에서 대기 중이던 의사에

게 말했다.

"이거 빼주셔야 촬영에……."

리이펑 주임이 소파에서 번쩍 일어나며 말을 잘랐다.

"바늘 빼지 말고 인터뷰 가세요."

"네?"

"사전에 후준PD만나서 양해 구했습니다. 출연 가수 컨디션이 우선이지, 사전인터뷰가 중요한 건 아니지 않습니까?"

"……!"

수는 새삼 그의 마음 씀씀이에 고마움을 느꼈다.

마지막으로 메이크업과 옷매무새를 점검하곤 대기실을 나섰다. 수액과 호스는 한국에서부터 따라온 승원이 곁에서 들었다.

사전인터뷰 스튜디오에 도착하자마자 녹화가 진행됐다.

"독감에 걸리셨다고 들었습니다. 얼마나 안 좋으신 건지?"

작가가 사전에 뽑아온 질문을 던졌다.

힘든 기색이 역력한 수가 애써 호흡을 고르며 대답했다.

"솔직히 좀 많이 힘드네요. 가장 걱정인 건 편도가 부어서 말을 할 때마다 목이 아프고 갈라지는 거죠. 콜록콜록!"

수는 인터뷰 도중에도 기침을 쏟아냈다.

그러거나 말거나 작가는 분량을 뽑기 위한 질문을 던졌다.

"사정상 리허설을 하지 못했습니다. 이 부분이 엄청난 부담으로 다가오실 텐데?"

"그 부분에 대해선 시청자분들께 죄송하다는 말씀을 먼저 드리고 싶습니다."

수는 호흡을 진정시키더니 갑자기 고개를 푹 숙이며 사죄했다.

"시청자와 약속을 지키지 못하고 미흡하게 무대를 준비한 것에 대한 사죄입니다. 죄송합니다, 콜록."

수는 진심을 담아서 다시 한 번 더 고개를 숙였다.

부득이하게 독감에 걸린 걸 누굴 탓하겠냐만, 건강관리 역시 프로가 갖춰야 할 자세 중 하나다. 그걸 소홀히 한 건 누가 뭐래도 본인의 책임이며, 그것에 대해 사죄를 구할 대상은 바로 수의 무대를 기다린 대중이다.

'항상 느끼는데, 이 남자의 말 한마디, 한마디가 감정을 건드리는 묘한 힘이 있어.'

몇 번째 수와 인터뷰를 진행했던 작가는 눈을 떼지 못했다.

병약한 저 모습에도 저토록 단단한 심정이라니. 저 진실한 마음이 아마 대중의 미움을 사랑으로 바꾼 원동력이 아닐까 싶었다.

"어이!"

곁에 카메라맨의 일침에 뒤늦게 정신을 차린 작가가 바로 다음 질문으로 넘어갔다.

"오늘 부르실 곡이 내 사랑 내 곁에라고? 어떤 곡인지?"

"대한민국의 전설 고 김현식 선배님의 곡입니다. 중화권에서는 번안곡으로 알란탐 선배님과 강육항 선배님이 부르신 적이 있죠. 참 슬프게 처절한 곡입니다."

"어떤 방향으로 편곡에 임하셨는지?"

수가 입을 손으로 가리곤 작게 기침을 했다.

"손을 대지 않았습니다. 손을 댄다는 거 자체가 모독이라고 생각했거든요. 가장 원곡과 가까운 느낌으로 가고자 했습니다."

"컷! 오케이, 거기까지."

사전인터뷰 녹화를 진행하던 연출의 종료 사인이 떨어졌다.

그제야 안도감에 숨을 돌린 수가 몸을 일으켰다.

"아! 바로 순서 추첨 있으니까 대기실로 가지 마세요. 다른 출연 가수들 다 대기 중이니까 복도로 이동해 주세요."

"저기, 잠시……."

수가 뭐라 말하려고 했으나 아무도 들어주지 않았다.

인터뷰야 그렇다 치더라도 손목에 링거를 꽂은 채로 순서 추첨 촬영까지 하는 건 아니다 싶었다.

결국 승원에게 부탁해서 의사를 모시고 왔다. 바늘을 뽑은 뒤 복도로 갔을 땐 다른 출연 가수들이 수가 오길 기다리고 있는 형국이었다.

"늦어서 죄송합니다."

수는 거듭 사과했다.

"아픈데 늦을 수도 있죠."

"리허설도 못 할 정도라면서요? 무대에 서도 괜찮은 거예
요?"

"네, 뭐……."

다들 수를 걱정하는 발언을 하는 듯 보이지만 그 실상은 달
랐다.

'아무리 아파도 그렇지. 선배들을 기다리게 해?'

'쯧! 볼수록 마음에 안 드네. 노래를 잘하면 뭐해, 인성이
삐뚤어졌는데.'

수의 예상과는 반대로 그만 더 큰 미움을 받아버리고 말았
다.

출연 가수들이 한자리에 모이자 바로 순서 추첨이 시작됐
다. 추첨은 새롭게 합류한 웨이 홍이 맡았다.

"그럼 어디 뽑아볼까."

투명한 통 안에 손을 넣고 뒤적거리던 그가 공 하나를 집어
들었다.

스윽!

카메라 앵글로 향한 공엔 선명하게 4라운드 첫 번째 순서

로 공연할 출연 가수의 이름이 적혀 있었다.

"뭐샤오이."

"나?"

후준PD의 말에 뭐샤오이가 손가락으로 자신을 지목했다.

설마 하니 첫 번째 순서가 될 줄은 몰랐는지 어안이 벙벙해 보였다.

동시에 다른 출연 가수들은 마음속으로 안도했다. 경연이 란 특성상 청중평가단에게 쉽게 잊힐 수 있는 초반 순번은 피 하고 싶은 게 솔직한 심정이다.

의외인 건 뭐샤오이의 반응이다.

"럭키! 안 그래도 처음에 하고 싶었는데. 오늘 운이 좋은데 요?"

출연 가수들이 살짝 놀란 기색을 보이긴 했지만 관심은 딱 거기서 그쳤다.

"오늘 행운의 숫자가 1인가 봐? 잘해."

"저도 기대 많이 하고 있어요."

"화이팅하자!"

출연 가수들은 진심에도 없는 격려의 말을 건네면서 속으 로 비웃는 이중적인 모습을 보였다.

누구나 피하고 싶은 첫 무대이기에, 뭐샤오이가 괜히 강한 척을 하는 것쯤으로 여겼다.

수는 웅원의 말을 건넬 힘도 없는 듯 몸을 돌렸다.

이제부터 기다림의 시간이다. 그마저도 체력을 보존할 수 있는 소중한 시간이기에 서둘러 대기실로 돌아가 쉬고 싶었다.

"저기, 리 쇼우 씨."

"네?"

갑작스런 호명에 수의 고개가 돌아갔다.

뤄샤오이가 여느 때처럼 입가에 옅은 미소를 품고 서 있었다.

'어? 뭐지? 평소랑 좀 다른 느낌인데⋯⋯.'

수는 뭐라고 콕 집어서 설명할 수 없는 이질적인 감정을 느꼈다. 미소의 이면에 어딘지 모르게 서늘함이 감춰져 있었다.

"제게 할 말이라도?"

"별로 대단한 건 아니고⋯⋯ 목 풀고 계시란 말씀을 드리려고요."

"⋯⋯!"

운을 띠운 뤄샤오이가 긴 머리를 귀너머로 넘겼다.

"제 말 뜻 아셨을 거라고 생각하고. 자자, 저 그러면 먼저 갑니다. 나중에 봬요!"

마지막 돌아서는 순간까지 뤄샤오이는 미소를 잃지 않았다.

수는 멀어지는 뒷모습을 보며 조금 전에 그녀가 했던 말을 곰곰이 곱씹었다. 어렵지 않게 그 말뜻을 이해할 수 있었다.

"무슨 선전포고를 예고도 없이 날려."

수는 열이 올라 붉게 상기된 볼을 긁적였다.

뤼샤오이는 간접적으로 두 번째 무대로 수를 지목할 거란 암시를 줬다. 달리 해석하면 수에게 정면 승부를 선언한 것이나 다름없다.

"……붙어보자고요. 죽기 살기로."

수는 누가 도전해 온다면 적당히 받아주는 남자가 아니었다.

2

공개홀에 청중평가단이 속속히 입장했다.

제작진의 엄중한 선발 끝에 뽑혀 이곳에 도착한 청중평가단의 표정은 여느 때보다 더 상기되어 있었다. 나도 가수다가 장안의 화제로 도약하며 청중평가단의 경쟁률이 무려 몇 천 대 일에 육박한 까닭이다. 그 경합을 이겨내고 선발된 만큼 지금 그들의 마음은 경연에 대한 기대로 한껏 부풀어 있었다.

"스탠바이 삼 분 전!"

조연출의 말에 제작진의 마지막 손놀림이 분주해졌다.

방송에서 실수란 용납되지 않는다. 사소한 실수가 방송 전체를 망치기 때문이다.

무대와 조명, 음향 등 각 스태프들이 각기 맡은 분야를 마지막이라는 생각으로 점검했다.

"스탠바이 일 분 남았습니다."

막상 녹화에 들어가는 이때가 제작진에겐 가장 긴장되는 순간이다.

"큐!"

후준PD의 사인이 떨어지자 십여 대의 카메라에 동시에 불이 켜졌다. 녹화가 시작된 것이다.

"후아."

숨을 죽이며 대기 중이던 뤼샤오이가 심호흡을 하며 무대 위에 올랐다.

가슴을 반쯤 드러낸 드레스에 하이힐을 신고 무대에 선 그녀의 모습에 청중평가단이 일제히 박수를 보냈다. 평소보다 더 정열적인 의상이 후에 보여줄 무대에 대한 기대로까지 이어진 까닭이다.

"안녕하세요, 청중평가단 여러분. 나도 가수다의 진행을 맡은 뤼샤오이라고 합니다."

가슴골이 비칠까 살짝 손으로 가리곤 허리를 숙여 정중하게 인사했다.

"나도 가수다 3라운드의 주제는 자유 미션입니다. 출연 가수들이 부르고 싶은 곡을 마음껏 선택하여 부를 수 있죠."

속삭이는 듯한 그녀의 목소리는 청중을 집중하게 만드는 힘을 갖고 있었다.

"나도 가수다 3라운드 첫 번째 순서로 무대에 오를 가수를 소개하겠습니다. 바로 접니다."

"오오오!"

짝짝!

열광적인 청중평가단의 환호에 설핏 미소를 머금으며 뤄샤오이가 말을 이었다.

"오늘 제가 부를 곡은 그룹 신악단 선배님들의 사료도요애(死了都要愛)입니다."

3

음악 감상실.

한 주가 지나 다시 모인 세 사람은 뤄샤이오가 선곡한 사료도요애에 대한 설명을 이어갔다.

"다들 아시겠지만 신악단은 5인조 락그룹이죠. 거칠지만 조화로운 실력파 가수들로 정평이 나 있는. 요새 세대엔 솔로 가수들로 더 알려져 있을 겁니다."

"중화권 활동 가수 중에서도 번안곡을 가장 많이 부른 그룹일 겁니다."

"번안곡이 뭐예요?"

장신위안이 반문했다.

최근 밤샘 작업으로 눈이 침침해진 저우카이가 흘러내린 안경을 올려 쓰며 설명했다.

"일종의 리메이크라고 보시면 됩니다. 신악단은 한국 번안곡을 특히 많이 불러 대중적인 히트를 친 그룹입니다."

"대표곡이라면 한국 국민가수 김건모의 바람소리라거나, 지금 뤄샤오이 씨가 선곡한 사료도요애를 들 수가 있죠. 원곡이 아마……."

"한국가수 박완규의 천년의 사랑이란 곡으로 알고 있습니다."

어김없이 싱어 송 라이터 쨩바이후와 환상의 호흡을 보이며 부족한 정보를 보충했다.

그 덕에 음악에 대해 무지한 장신위안이 시청자와 마찬가지인 눈높이에서 원곡에 대한 정보를 습득할 수 있었다.

장신위안이 고개를 끄덕였다.

"그건 몰랐던 사실이네요. 사료도요애는 한 십 년 전쯤인가? 모르는 사람이 없을 만큼 인기가 대단했던 걸로 기억해요."

"당시 중화권에서는 들을 수 없던 색깔의 음악이었습니다. 락과 발라드의 경계쯤에 있는 장르였고 그걸 표현한 신악단의 보컬 개개인의 화음도 명품이었으니까요. 뭐, 곡 자체만 보더라도 명곡이라고 부를 만합니다."

"근데 의외네요. 보통 여성 보컬들은 남성 보컬들의 곡은 잘 안 부르지 않나요?"

의문을 표하자 저우카이가 대답했다.

"아무래도 그렇죠. 남성 보컬의 굵은 감성이 여성 보컬의 섬세하고 여린 감정으론 이입이 잘 안 되는 경우가 많으니까요."

"그런데도 선곡을 했다. 노림수가 있다고 봐야 할까요?"

그 물음에 대한 답은 쨍바이후가 했다.

"아무래도 경연을 의식한 게 아닌가 싶습니다."

"경연이요? 이해가 잘 안 가서 그런데 알기 쉽게 설명 좀 해주실래요."

미녀의 부탁을 마다할 남자는 없다. 쨍바이후는 환하게 웃으며 평소보다 조금 더 친절하게 설명해 줬다.

"앞서 1, 2라운드에서 중국 가수들은 경연이라기보다는 공연에 가까운 무대를 보였습니다. 청중평가단의 호응을 얻기보단, 자신이 잘 부를 수 있는 무대에 초점을 뒀죠. 바로 그점이 잘못된 겁니다."

"잘 부를 수 있는 곡을 부르는 게 왜 잘못된 거죠?"

"어떻게 설명하면 좋을까. 아주 사소한 차이예요. 나만의 스타일로 잘 부르면 좋죠. 좋은데…… 그 좋은 것에 하나 더 얹어야 합니다."

"뭘?"

"감정의 노크."

아리송한 표현에 장신위안이 고개를 갸웃거렸다.

"잘 이해가 안 가요."

"이를 테면 이런 거죠. 저번 라운드 리 쇼우 씨의 무대 기억하시죠?"

"네."

어찌 잊을 수 있겠는가?

중간에 마이크를 꺼버린 채 오로지 육성으로만 공개홀을 울리던 울부짖음을, 그 처절한 포효를.

그때의 감동을 아직까지도 몸이 잊지 않고 기억하고 있었다.

"1라운드와 2라운드 모두 리 쇼우 씨는 청중평가단을 압도했어요. 허락도 받지 않고 청중평가단의 감정에 혹 들어가, 팡 하고 터뜨려 버린 거죠."

"그걸 가능케 한 몇 가지 요소를 들자면 드라마적인 편곡, 고음은 물론이고 청중평가단의 허를 찌르는 색다른 표현법도 빼놓을 없습니다."

마지막으로 저우카이까지 끼어들어서 한마디 더 보탰다.

음악 전문가인 두 사람은 지난 라운드들을 통해서 수가 청중평가단에게 열렬한 지지를 받는 이유에 대해 나름대로 분석한 것이다.

"어렵네요."

그럼에도 불구하고 장신위안은 아직도 이해가 가지 않는다는 표정을 짓고 있었다.

음악적인 소견이 부족한 그녀가 수를 지지하는 이유는 단순 명료했다.

'잘 불러.'

복잡한 분석이 무슨 필요가 있나? 오히려 날것 그대로의 시선이 더 정확한 법이다.

"이제 뤄샤오이 씨의 무대가 시작하네요."

4

웅장한 바이올린 연주로 전주가 시작됐다.

원곡과는 사뭇 다른 웅장한 세션의 연주는 마치 한 편의 클래식을 연상케 했다.

청중평가단은 박력 넘치는 연주에 압도당하는 걸 느꼈다.

그렇게 고조되던 연주가 뚝 하고 꺼졌다.

암전된 무대 위에 홀로 서 있던 뤄샤오이가 조명을 받으며
마이크를 입에 가져다 댔다.

　　이대로 널 보낼 수는 없다고
　　밤을 새워 간절히 기도 했지만
　　더 이상 널 사랑할 수 없다면
　　차라리 나도 데려가

뤄샤오이는 목 놓아 애절하게 표현했다.

원곡이 마초적인 남자의 절규에 가까웠다면, 지금 그녀가
보여준 표현에서는 절제된 감성이 물씬 풍겼다.

　　내 마지막 소원은 하늘이 끝내
　　모른 척 저버린대도 저버린대도
　　불꽃처럼 꺼지지 않는 사랑으로
　　영원히 넌 가슴속에 타오를 테니

감정이 치고 올라갈수록 가라앉았던 웅장한 연주에 힘이
실린다.

동시에 뤄샤오이의 절제된 감정이 일시에 폭발하며 좌중

을 압도한다.

> *나를 위해서 눈물도 참아야 했던*
> *그동안의 너는 얼마나 힘이 들었니*
> *천년이 가도 난 너를 잊을 수 없어*
> *사랑했기 때문에*

"……!"

청중평가단의 눈이 부릅떠졌다.

압도적인 고음이다.

안 그래도 고음으로 정평이 나 있던 그녀였기에 예상 가능한 소리로 표현할 거라 짐작했다. 근데 웬걸, 막상 뚜껑을 열어보니 오늘의 후렴은 평소의 음색과 사뭇 달랐다.

탁성, 흉성……

가늘고 감미로운 음색이 아닌 거친 고음을 보여준 것이다.

전반부의 잔잔한 슬픔과 사뭇 대조적으로 후렴에서는 활화산 같은 거친 고음을 선보였다.

그리고 이어진 클래식 반주.

청중평가단이 압도당한 감정을 채 추스르지도 못한 사이에 2절이 시작됐다.

내 마지막 소원은 하늘이 끝내

모른 척 저버린대도 저버린대도

불꽃처럼 꺼지지 않는 사랑으로

영원히 넌 가슴속에 타오를 테니

나를 위해서 눈물도 참아야 했던

그동안의 너는 얼마나 힘이 들었니

천년이 가도 난 너를 잊을 수 없어

사랑했기 때문에 사랑했기 때문에

마지막 구절을 뤄샤오이는 목 놓아 울부짖었다.

결코 잊을 수 없는 그 사람 향해서, 천년이란 억겁의 시간 조차도 갈라놓을 수 없을 거라고 소리치고 또 소리쳤다.

찌릿!

소름이 끼치도록 높은 초고음에 청중평가단의 등골과 팔뚝의 털이 곤두섰다.

뒤이어 찾아온 감정의 후폭풍도 거셌다.

사랑했기 때문에.

사랑했기 때문에.

반복적인 이 가사의 여운이 청중평가단의 가슴에 깊게 파고들어서 내면의 감정을 후벼 팠다.

사랑을 모르는 인간은 없다.

그렇기 때문에 다시 생각하게 만든다.

잠시 잊고 있던 사랑의 소중함을.

사랑이 주었던 무한한 행복과 고마움을.

청중평가단은 그 감정에 취해 잠시 노래가 끝났다는 사실도 잊었다.

그리고 잠시 뒤, 뒤늦게 정신을 차린 청중평가단이 일제히 환호하며 열렬한 박수를 보냈다.

짝짝짝!

쉬지 않고 이어지는 환호.

드문드문 감정을 주체하지 못하고 눈물을 보이는 이도 있고, 감격했는지 연신 기립 박수를 쏟아내는 이들도 보였다.

곡의 감정에 몰입했던 감정을 추스른 뤄샤오이가 청중평가단과 눈을 맞췄다.

지금까지 나도 가수다에서 그녀가 보여줬던 어떤 무대보다도 열광적인 청중평가단의 환호가 피부로 고스란히 전달됐다.

짜르르.

뤄샤오이는 전율을 느꼈다.

드디어 세 번 만에 청중평가단의 기대에 부응한 무대를 선보인 것에 대한 희열이다. 덩달아서 자신감도 붙었다.

'이번에야말로 그 사람을 넘어설 수 있어.'

그간 수의 그림자가 알게 모르게 그녀의 심장을 옥죄었다. 격이 다른 무대를 보고 있자면 같은 프로그램에서 경쟁한다는 사실조차 부끄럽곤 했다.

그런데 이젠 아니다.

오늘 무대는 다르다.

처음으로 수와 동등한 입장이 되었고 더 나아가서 경쟁을 하더라도 이길 수 있다는 믿음이 생겼다.

"제가 다음에 지목할 가수분은요. 바로……."

양손에 마이크를 꼭 쥔 뤄샤오이가 청중평가단을 쭉 둘러보았다.

다음 가수의 호명을 기다리는 청중평가단의 기대에 그녀가 불을 지폈다.

"리 쇼우 씨입니다."

Chapter 7

1

음악 감상실.

세 사람은 뤄샤오이의 무대에 감동을 받은 듯 쉬지 않고 박수를 이어갔다.

"제가 아는 뤄샤오이 씨가 맞나 묻고 싶네요. 이런 거친 표현이라니……."

"저도요. 근데 이상하게 슬펐어요. 특히 사랑하기 때문에 라는 구절을 들을 땐 울컥했습니다."

사람이 느끼는 감정의 진폭은 크게 다르지 않다. 단지 배우라는 직업상 좀 더 예민한 감수성을 지닌 장신위안이 깊게 몰입했다.

"……처음이었어요. 사랑이라는 단어가 이리 슬플 수 있다는 걸 느낀 건요."

"새삼 대단하네요, 뤄샤오이 씨. 자기 고유의 색깔을 버리고 이런 도전을 할 수 있다는 것에 박수를 보내고 싶습니다."

개인적으로 뤄샤오이와 친분이 있는 쨩바이후이기에 그녀의 성장이 자신의 일인마냥 다른 사람 이상으로 더 기뻐 보였다.

저우카이도 동의한다는 듯 고개를 끄덕였다.

"처음으로 공연이 아닌, 경연에 걸맞는 무대를 본 거 같습니다."

"그런 의미에서 보면 오늘 뤄샤오이 씨 무대는 역대급이었습니다. 어쩌면 리 쇼우 씨의 졸업을 막을 가장 큰 변수가 아닐까 싶네요."

극찬에 극찬을 이어가던 대화가 끊긴 것은 다음 가수 지명 때문이다.

세 사람은 숨을 죽이고 모니터에 귀를 기울였다.

―바로 리쇼우 씨입니다.

"……!"

전혀 생각지도 못한 지명에 세 사람이 동시에 깜짝 놀랐다.

수는 자타가 공인하는 나도 가수다 1위 후보다. 이미 앞선 라운드에서 압도적인 백분율을 보임으로써 그 자격을 증명했다.

그런 수를 바로 다음 순서로 뽑는 건 웬만한 배짱이 없인 할 수 없는 일이다.

"진짜 대단한 자신감이네요."

"그러게 말입니다. 이건 대놓고 진검 승부를 벌이자는 뜻인데, 과연 이 선택이 플러스가 될지 마이너스가 될지는 지켜봐야 알 거 같습니다."

뤄샤오이는 오늘 최고의 무대를 보여줬다.

바로 다음 차례로 수를 지목함으로써 비교 우위에서 청중 평가단의 인정을 받을 수 있다는 자신감을 내보인 것이다.

"변수는 리 쇼우 씨의 컨디션이네요."

"과연 어떤 무대를 보여줄지……."

세 사람의 모든 관심은 다음 수의 무대에 쏠렸다.

2

"……올 게 왔네요."

대기실에서 눈을 감고 뤄샤오이의 노래를 경청하던 수가 힘겹게 몸을 일으켰다.

쉰다고 시간을 쪼개서 쉬었지만 좀처럼 몸은 나아지지 않왔다. 링거를 맞고 꾸준히 물을 마셨음에도 건조한 목 상태는 최악이다.

리이펑 주임이 안타까운 눈길로 응원했다.

"잘하란 말은 못 드리겠군요. 최선만 다하고 오십시오."

"그러려고요."

수가 아픈 미소를 지으며 대기실을 나섰다. 매니저 승원이 기타 케이스를 메고 그 뒤를 따랐다.

엘리베이터를 타고 공개홀이 있는 해당 층으로 이동하는 내내 뤄샤오이의 무대를 곱씹었다.

'흠잡을 게 없던 무대야. 날 지목할 거라고 사전에 밝힐 만큼 자신만만했던 이유가 이거였어.'

수가 듣기에도 오늘 뤄샤오이의 무대는 최고였다.

까마득한 후배의 입장에서 감히 이런 말을 하는 건 건방져 보일 수도 있지만, 이제까지 그녀가 보인 무대는 경연이 아니라 공연에 가까웠다.

그런데 오늘은 확연히 달랐다.

작정을 하고 나온 게 눈에 훤히 보였다.

'청중평가단을 마음대로 감정을 주무른 것도 모자라 압도했어. 특히 고음의 탁성은 꽤나 인상적이야. 여성의 보이스로 그러기가 쉽지 않을 텐데.'

뤄샤오이는 색깔이 명확한 가수다.

애처로운 저음과 자유자재로 오가는 고음이 최고의 장점이다.

그러한 그녀만의 장점이 나도 가수다 프로그램에선 단점으로 작용했다. 감미로운 발라드에서는 장점으로 작용할 고음의 발성이 경연에서는 큰 임팩트를 주지 못하는 것이다.

그걸 뤄샤오이도 인정했다.

저번 2라운드에서 환상적인 고음을 선보였음에도 청중평가단을 장악하지 못한 데서 여실히 한계를 깨달은 것이다.

고민 끝에 뤄샤오이는 도전을 선택했다.

고음도 보이스와 발성법에 따라 그 색깔이 달라진다. 보통 남성 보컬은 힘을 앞세우고 여성 보컬들은 섬세한 감정 표현으로 대체한다.

그러한 통념을 깬다.

다시 말하면 경연에 어울리는 편곡과 발성으로 무대를 꾸민다는 의미다.

효과는 주효했다.

청중평가단은 열광했다.

이건 또한 뤄샤오이에게 가수로서 한 단계 진일보하는 계기가 되었다.

"아쉬워. 베스트 컨디션이었다면 더 좋은 경합이 됐을 텐데……."

무대 뒤에 도착한 수는 스스로의 상태를 되돌아보았다.

편도가 심하게 부어 아프다. 목소리도 평소와 다르게 걸걸하다. 자꾸만 폐부에서 올라오는 기침은 사람을 성가시게 만든다. 이마도 불덩이처럼 뜨겁다. 좀 쉬어서 나아지는가 싶더니 다시 열꽃처럼 온몸에 열감이 피어오른다.

이보다 더 안 좋은 상황은 없을 정도로 최악이다.

무거운 중압감이 가슴을 짓누른다.

잠시 후, 무대에 서는 순간 청중평가단과 마주하게 된다. 더 나아가서 몇 억 명의 시청자가 수의 노래를 듣고자 텔레비전 앞에 앉을 것이다.

결단코 그들에게 실망을 주고 싶지 않았다.

"들어가세요!"

FD의 손짓에 수가 마지막으로 크게 심호흡을 했다.

옆에 서 있던 승원이 케이스에서 기타를 꺼내서 건네주었다.

"잘하실 거예요. 파이팅!"

주먹을 불끈 쥐어주며 응원을 해줬다.

수는 미소로 답례하며 무대 위에 올라섰다.

짝짝짝!

"와아아!"

수의 등장만으로도 청중평가단은 자리에서 일어나 박수와

함성으로 환영했다.

평소라면 감사할 일이지만 오늘은 웃지 못했다. 저들의 기대에 부응하지 못할 수도 있다는 부담감이 따랐기 때문이다.

우선 손짓으로 환영에 감사하며 무대 가운데 놓인 의자에 앉았다.

기타를 무릎에 얹고 앞을 보았다.

청중평가단이 초롱초롱한 눈길로 수의 무대를 숨죽여 기다리고 있었다.

그들과 마주하니 순간 진통제를 맞은 듯 일시적으로 통증이 싹 가셨다. 정신도 오히려 선명해지면서 맑아지는 듯한 기분이 들었다.

'오늘 난 여기. 이 무대 위에서 죽는다.'

수의 눈빛이 변했다.

단호한 결의랄까.

프로에게 건강상의 이유는 변명에 불과하다. 애초에 그럴 거라면 나는 가수다에서 자진 하차를 선택했을 것이다.

어떤 악조건에서도 최선의 노력으로, 최고의 무대를 보여주는 게 프로라고 생각했다.

수는 무대에 오르기 전 인이어(Inear)를 귀에 꽂았다.

한쪽 귀에 꽂은 커널형 이어폰으로 방청객 쪽으로 향한 스피커로 인해 자신의 반주나 목소리가 잘 안 들릴 것을 고려해

착용하는 기기다.

마지막으로 스탠드 마이크의 각도를 고친 수가 입을 열었다.

"오늘 제가 들려 드릴 곡은 고 김현식 선배님 내 사랑 내 곁에입니다."

중화권에서 알란탐이 번안곡을 발표한 적이 있으나 수는 그 부분에 대해선 따로 언급하지 않았다.

애초에 수가 기억하고 있는 원곡자는 고 김현식이고, 이 곡을 선곡한 이유 역시 고 김현식의 향수를 기억하고 있기 때문이다.

딩~ 디잉~ 딩딩!

아무런 세션도 필요로 하지 않는다.

현을 튕기는 잔잔한 연주.

공개홀을 천천히 잠식해 가는 고요한 기타 연주에 맞춰 닫혀 있던 수의 입이 열렸다.

"나의 모든 사랑이……."

3

주상복합 아파트.

야광충마냥 불빛이 가득한 서울의 밤거리가 한눈에 내려

다보이는 그곳 거실에 요란한 청소기 소리가 왕왕 울렸다.

"……."

한겨울임에도 고은은의 이마에는 땀이 송골송골 맺혀 있었다.

인천공항에서 돌아온 이후 지금까지 한시도 몸을 쉬지 않고 움직였다. 이틀 전에도 돌린 청소기를 돌리고 또 돌렸다. 바닥도 닦았다.

혹여라도 집 안의 먼지 때문에 수의 건강이 더 악화될까 우려되기 때문일까?

그런 이유도 없진 않지만 결정적이진 않다.

"자꾸 왜 이러지? 심장이 쿵쾅거리는 게 불안해서 죽을 거같아."

고은은은 불안해서 견딜 수가 없었다.

몸을 가만히 두면 출국한 수의 안위가 걱정되어서 어쩔 줄을 몰랐다.

"아빠만 아니면……."

리밍이 참을 수 없을 만큼 원망스러웠다. 왜 딸의 의사를 존중해 주지 않고 딸을 그저 기득권을 유지하기 위한 도구로만 여기는지 이해가 되지 않았다.

초조한 마음을 이기지 못하고 더 억지로 일거리를 찾아서 몸을 움직였다. 결벽증에 걸린 사람마냥 거실 바닥을 박박 닦았다. 거실을 맨들맨들하게 닦고 나자 시선은 자연스럽게 부엌으로 향했다. 몇 개 되지 않는 식기를 씻고 싱크대를 정리했다.

상해에 있을 때만 해도 주부마냥 부엌을 정리한다는 건 상상도 할 수가 없는 일이었다. 그러나 이젠 제법 손에 익었다. 요리에 필요한 조리 도구들을 찾아서 쓰기 편한 곳에 두고 활용했다.

"아플수록 잘 먹어야지. 수 씨가 좋아하는 땅콩죽이랑 갈비라도 재워놓자."

안 그래도 돌아오는 길에 대형마트에 들러 장을 봐왔다. 서툰 음식 솜씨지만 인터넷 레시피를 참고하여 손수 재료를 구매했다. 그만큼 수를 챙겨 먹여주고 싶은 마음이 간절했다.

앞치마를 두르고 곧장 요리에 들어갔다.

뭔가에 집중을 하는 시간 동안은 잠시나마 수에 대한 걱정을 놓을 수가 있었다.

탁탁탁!

빠르진 않지만 정확한 칼질로 채소를 썬 고은은이 식기건조대에 손을 뻗어 접시 하나를 꺼낼 때였다.

"앗!"

손의 물기에 미끄러져 접시가 그대로 바닥에 떨어져 깨지고 말았다.

쨍그랑!

순간 유리 파편이 사방으로 튀겼다. 불행 중 다행히 실내화를 신고 있던 까닭에 파편에 크게 상처를 입진 않았다.

"……."

바닥에 흐트러진 유리 파편을 내려다보는 고은은의 표정이 딱딱하게 굳어 있었다.

생각하기도 싫은 안 좋은 속설이 자꾸만 떠올라서 머릿속에 맴돌았다.

'접시가 깨지면 안 좋은 일이 생긴다고…….'

동시에 수의 아픈 얼굴이 떠올랐다.

고은은이 세게 고개를 저으며 안 좋은 생각을 떨쳤다.

"믿지 마, 이런 거 다 미신이잖아. 별일 없을 거야. 별일 없을 거라고."

4

딩! 디이잉딩!

감미로운 기타 연주가 청중평가단의 귀를 잔잔하게 잠재운다.

리허설을 거치지 않았기 때문일까?

음량이 좀 작다고 느껴지기도 했다.

하지만 크게 신경 쓰이지는 않았다. 오히려 작은 음량에 좀 더 사람을 집중하게 만드는 힘이 느껴진달까.

수는 현을 튕기며 스스로의 감정에 몰입해 갔다.

몸이 안 좋다는 상황마저 잊어버렸다.

이 순간 수라는 인간은 지워지고, 오로지 노래로 감동을 전하는 극중 화자만이 있을 뿐이다.

마음을 평온하게 만드는 전주가 끝나고 수의 입이 찬찬히 열렸다.

나의 모든 사랑이 떠나가는 날이
당신의 그 웃음 뒤에서 함께하는데

철이 없는 욕심에 그 많은 미련에
당신이 있는 건 아닌지 모르겠지요

"어?"

청중평가단은 단번에 뭔가 이상함을 느꼈다.

앞서 가슴 설레게 하는 감동을 주던 목소리가 아니다. 아니, 그 목소리는 맞는데 그들이 기억하고 있는 묵직한 중저음이 아니다.

'걸걸하다 못해 거친 목소리야.'

'목이 많이 안 좋아 보여.'

'어째 음정이 불안한데?

청중평가단의 귀는 귀신같이 정확하다. 그들이 그리 느낀다면 두말할 것 없이 그런 것이다.

약간의 우려가 들긴 했지만, 그들은 곧 머리에서 지워 버렸다. 그런 작은 우려에 신경 쓰기보다는 이 무대가 주는 감동에 좀 더 깊이 몰입하고 싶은 마음이 더 컸다.

시간은 멀어 집으로 향해 가는데
약속했던 그대만은 올 줄을 모르고

애써 웃음 지으며 돌아오는 길은
왜 그리도 낯설고 멀기만 한지

저 여린 가지 사이로 혼자인 날 느낄 때
이렇게 아픈 그대 기억이 날까

아!
이건 그들이 아는 수의 음색이 아니다.
사포로 문지른 듯 스크래치가 난 음 처리다.
근데 뭔가, 이 느낌은.

이 거칠다 못해 사뭇 이질적인 음색이 싫지 않다.

언제 음 이탈이 나올지 몰라 아슬아슬한 이 목소리가 어딘지 모르게 아련하게 들리는 기타 연주와 맞물리며 조화롭게 들린다.

그럴 수밖에 없다.

이 느낌은 고 김현식이 부른 원곡에 가깝다.

사람이란 다른 것에 쉽게 이질적인 느낌을 지울 수 없다. 하지만 다시 원곡에 가깝게 다가간 곡의 색채가 청중평가단의 귀에는 또 다른 색깔로 들리고 있었다.

내 사랑 그대 내 곁에 있어줘
이 세상 하나뿐인 오직 그대만이

힘겨운 날에 너마저 떠나면
비틀거릴 내가 안길 곳은 어디에

"......!"

후렴에 접어들자 청중평가단은 알 수 없는 위압감에 사로잡혀 버리고 말았다.

올라오는 슬픔을 억지로 참듯이 처절하게 감정을 노래한다.

아니, 노래가 아닌 울부짖음.

그 절규가 청중평가단의 가슴에 진폭을 가져왔다.

수는 말하고 있다.

숨을 쉬며 살아가는 것조차 버거운 현실에서 당신마저 떠나고 나면 안길 곳은 어디냐고.

예고도 없이 훅 심장에 파고든 수의 물음은 청중평가단으로 하여금 소중한 사람을 떠올리게 만든다.

'여보, 당신이 없다면 나는……..'

반평생을 함께한 남편이 눈앞에서 아른거린다. 바로 옆에서 노래를 듣고 있는 그가 없다는 생각만으로도 가슴이 먹먹하고 하늘이 무너진 것 같다.

'내 하나뿐인 딸 장 쯔이. 널 잃는다면, 이 엄마는 하루도 못 살 거야.'

모정은 세상 무엇보다도 진한 사랑이다.

엄마는 이미 경험해 봤다. 공원에서 딸 장 쯔이를 잃어버렸을 때 느꼈던 절망감. 그 절망은 숨을 쉴 때마다 창자가 가닥가닥 끊기는 고통에 비견됐다.

소중한 이를 잃을 뻔한 경험이 있기에 수가 전하는 이 감동이 배가되었다.

딩~ 디잉! 딩딩~ 디잉!

반주가 연주된다.

다른 어떤 악기의 도움도 없다.

솔로 기타 연주.

청중평가단은 새삼스럽게 다시 또 놀라고 만다.

이런 연주라니.

현이 자아낸 진동만으로도 잠시간 격동하던 감정을 가라앉히는 힘에 청중평가단이 감동을 거듭할 때였다.

뚝!

기타 연주가 끊기다시피 멈췄다.

덩달아 무대가 암전되며 사위가 깜깜한 암흑으로 돌변했다.

그러더니 수의 등 뒤로 대형 멀티비전을 통해 낯선 누군가의 영상이 틀어졌다.

고 김현식의 사진들.

국내에서는 전설로 회자되는 가수일지 모르나, 중화권에서는 생소한 그의 생전 모습들에 청중평가단이 의아함을 품고 있을 때였다.

오직 그대만이 힘겨운 날에

너마저 떠나면 비틀거릴 내가

안길 곳은 어디에

고 김현식이 생전에 부른 원곡 라이브가 흘러나왔다. 그것도 중국 표준어가 아닌 한국어다. 그 뜻을 알아듣기도 쉽지 않다.

그런데.

"......!"

청중평가단의 가슴이 쿵하고 내려앉았다.

노래로 전하는 감동에 언어 따위는 아무런 제약이 되지 않는다.

특히 고 김현식의 찢어지는 목소리 속엔 오선에 새겨진 음표와 음정을 초월한 감정 전달력과 호소력이 짙게 담겨 있었다.

그저 그 목소리를 마주하는 것만으로도 숨 막힐 듯한 슬픔이 가슴을 가득 채운다.

그 잠깐 사이에 수는 마이크 전원을 껐다.

'목이 간지러워.'

콜록콜록!

수는 미친 듯이 기침을 토해냈다. 지금까지 폐부를 타고 올라오는 기침을 겨우 억눌렀으나 더 이상은 무리였다.

이 틈을 빌어서 쏟아내지 않으면 도저히 2절을 부르기 무리인 까닭이다.

영상이 점점 흐려지는 동시에 수가 마이크를 켜며 기타의 현을 튕겼다.

딩~ 디잉! 딩!

다시 본연의 음악으로 돌아온 수가 감정의 바통을 이어받아 노래한다.

"저 여린 가지 사이로, 혼자인 날…… 느낄 때……."

담담하게 노래를 이어가던 수의 눈에 당혹감이 맺혔다.

노래에는 티가 나지 않았지만, 스쳐 지나가듯 짧게 굳어진 그의 표정에서 사태의 심각함이 보였다.

'인이어에서 소리가 나지 않아.'

인이어는 무대에 선 가수들에게 빼놓을 수 없는 기기다.

대부분의 확성기가 관객석을 바라보게 설치되다 보니 아무래도 가수가 자신의 목소리나 반주를 듣지 못하게 되는데, 그건 곡의 안정감을 떨어뜨릴 공산이 크다.

하물며 이런 악조건에서는 처음 겪는 일이라 수가 느끼는 당혹감은 더욱 컸다.

'흔들리지 마.'

수는 아무렇지 않은 듯 노래를 이어가며 마음을 독하게 먹었다.

'내겐 기타가 있어. 듣지 않아도 돼. 내 손가락에 전해지는 감각과 연주, 몸이 기억하는 대로 부르자.'

길지 않은 고민만큼이나 결단도 빨랐다.

픽.

수는 과감하게 인이어를 뽑아버렸다.

5

음악 감상실.

감미로운 수의 기타 연주로 곡이 시작되자 세 사람은 깜짝 놀라지 않을 수가 없었다.

알란탐이 부른 원곡의 피아노 연주와 전혀 다르면서도 본연의 아픔을 담고 있는 기타의 선율 때문이다.

"……리 쇼우 씨가 기타도 이렇게 잘 쳤나요?"

"사람을 몇 번이나 놀라게 하는 재주가 있군요."

음악에 식견이 있는 쩡바이후와 저우카이의 놀란 표정에 장신위안이 의문을 표했다.

"잘 치는 거 같긴 한데, 두 분이 극찬을 하실 만큼 뛰어난 연주예요? 전 기타는 잘 몰라서."

장신위안은 가장 일반적인 청중의 귀를 지니고 있었다. 의 기타 연주가 사람을 홀리게 만드는 마력을 지녔다는것엔 분명히 동의하나 음악적 기술이 뛰어난 저 두 사람이 이리 놀랄 만큼의 연주인지는 그녀의 식견으로는 알 수 없었다.

"핑거링 자체가 다릅니다. 수준이 다르단 얘기죠."

"곡 자체가 루즈해 정확히 알 수 없지만 반음계를 정확히 갖고 놀고 있어요. 리 쇼우 씨가 화려한 연주를 한다면……상상만으로도 소름이 돋네요."

"그, 그 정도예요?"

장신위안이 침을 꿀꺽 삼켰다.

늘 객관적인 시선에서 냉정하게 무대를 바라보는 이 두 사람이 입에 침이 마르도록 극찬을 한다면 그만한 이유가 있을 거라고 확신했다.

'볼수록 끌려. 회식 때 말이라도 붙여볼까?'

조만간 나도 가수다 공식 회식이 처음으로 예정되었다.

혹여라도 구설수에 올라 배우의 이미지가 손상될까 회식 자리는 최대한 피하는 그녀였다. 그러나 이번엔 회식에 참가할까 한다. 좀 더 수란 남자에 대해 알고 싶은 욕심 때문이다.

모니터를 통해 1절의 연주가 끝나는 모습이 나왔다.

세 사람은 동시다발적으로 감탄을 터뜨렸다.

"리 쇼우 씨의 무대엔 사람을 되돌아보게 만드는 힘이 있네요."

"이게 말이 됩니까? 저 시한폭탄 같은 목으로 이런 여운이라니요. 하! 어처구니가 없네요. 그는…… 무대를 자유자재로 가지고 놀고 있습니다."

무대에 서본 사람은 안다.

언제 음이탈이 날지 모른다는 불안감과 마음대로 표출되지 않는 발성이 무대 본연의 멋과 색을 얼마나 망가뜨릴 수 있는지를 말이다.

쌍바이후 역시 현역 가수다.

최악의 컨디션으로 수도 없이 무대 위에 올랐고, 그로 인해 감히 들어주기도 민망할 수준의 노래를 부른 적도 적지 않다.

그런데 수는 아니다.

의도적인 게 아닌지 의문이 들 정도로 거칠어진 음색이 이 곡의 처절함과 너무도 잘 매치된다.

마치 딱 맞는 옷을 입은 게 아닌가 착각이 들 정도로.

장신위안이 눈가를 훔쳤다.

'엄마.'

그녀에게도 소중한 사람이 있다.

바로 엄마다.

어려서부터 아버지를 잃은 그녀를 업고 일터를 전전긍긍하며 키우신 엄마의 존재는 지금의 탑 여배우 장신위안을 있게 만든 원동력이다.

그런 그녀에게 엄마가 없다면?

지금의 장신위안은 없었을 것이다.

겨우 감정을 추스르며 장신위안이 입을 열었다.

"중간에 나온 영상이 한국의 원곡자 고 김현식 씨죠?"

"네, 그런 거 같습니다."

"……한국에는 참 훌륭한 가수가 많네요."

고 김현식의 음악을 인정하면서도 장신위안의 눈과 귀는 오로지 수에게 쏠려 있었다.

그에게만 그치는 게 아니라, 훌륭한 한국 가수의 범주에 수도 포함되어 있다는 의미였다.

영상이 끝나고 다시 기타 연주가 시작됐다.

─저 여린 가지 사이로, 혼자인 날…… 느낄 때…….

한 구절을 부르기 무섭게 수의 손이 귀에 꽂힌 인이어로 향한다.

휙!

그가 거리낌 없이 인이어를 뽑아버렸다.

"……!"

"지, 지금 뭘 한 거죠?"

그 순간을 놓치지 않은 음악 감상실 세 사람의 눈이 커졌다.

Chapter 8

1

'인이어를 빼버려?'

프로그램 진행을 위해 무대 아래에 남아 있던 뤄샤오이는 수가 인이어를 뽑는 순간을 목격했다.

기계 오작동이라면 프로그램의 규정상 여기서 곡을 끊고 다시 부를 수 있는 기회가 주어진다.

'나라도 같은 선택을 했을 거야.'

하지만 한 번 달아오른 무대의 감정을 저버린 채 새로 부르면 맥이 끊기고 만다.

그건 최악이다.

휘저어놓은 청중평가단의 감동을 저 멀리 내동댕이치는
행위다.

그렇기에 그녀는 수의 선택을 존중했다.

무대 위.

수는 현을 튀기며 지그시 눈을 감았다.

'기타의 음감을 따른다.'

과감하게 인이어를 뽑아버린 수는 눈을 감고 온몸의 세포
를 깨웠다.

손끝에 전해지는 현의 파동.

그로 인해 귓전을 파고드는 희미한 기타의 선율.

그거면 충분하다.

미약한 실을 쥐고 있는 듯하지만 꿈틀거리는 오감이 귓전
에 생생하게 본인의 목소리가 들리듯 착각하게 만든다.

이 느낌이다.

이 느낌을 믿고 간다.

이렇게 아픈 그대 기억이 날까
내 사랑 그대 내 곁에 있어줘

이 세상 하나뿐인 오직 그대만이
힘겨운 날에 너마저 떠나면

비틀거릴 내가 안길 곳은 어디에(워어어)

마초적인 냄새가 물씬 풍기는 발성이다. 정제되지 않은 소리는 오히려 듣는 이로 하여금 아슬아슬함을 느끼게 만든다.

그런데도 자꾸만 가슴을 왕왕 울린다.

너무도 진솔한 남자의 가슴으로 말하는 노래였기에 음정, 박자를 다 떠나서 그저 목을 놓아 우는 듯한 그 울부짖음이 진정성 있게 다가섰다.

마지막 허밍은 처절한 표현의 백미였다. 기타의 연주에 맞춰서 치고 나가고, 끊고, 외칠 때마다 청중평가단의 가슴을 때렸다.

힘겨운 날에 너마저 떠나면
비틀거릴 내가 안길 곳은 어디에(어디에)

수는 반복적으로 어디에의 끝음을 끌어당겼다.

언제 음이탈이 날지도 모르는 상황임에도 자신이 당길 수 있는 최고의 포효를 쏟아냈다.

"어디에…… 어디에, 오! 어디에……."

힘겨운 날에 너 없는 세상이 주는 절망감을 향한 절규.

떠난 그 자리를 목 놓아 그리워하는 울부짖음.

수가 지금 부르는 건 더 이상 노래가 아니다.

저 밑에서 뜨겁게 올라온 그것을 격정적으로 쏟아내는데, 음정, 박자, 발성 따위는 잊은 지 오래다.

그저 쏟아냈다. 그리고 포효한다.

그러다 보니 수의 목이 한계에 도달했다.

"어디에! 어…… 어디에! 오, 어디에! 어디에……."

'에'를 반복적으로 울부짖던 수의 목이 버티지 못하고 연이어 음을 이탈했다.

두성을 이용한 고음이라지만 기본적으로 목이 헐었고, 몸의 울림통이 제대로 작용하지 못한 것이다.

이런 무대에서 음이탈이라니, 가관이란 생각이 먼저 든다.

다른 무대도 아니고 여긴 나는 가수다 프로그램이니까.

아무리 수에 대한 기대감이 있다지만, 오히려 그렇기 때문에 청중평가단은 수에게 더 엄한 잣대를 들이밀 것이다. 핀잔을 주고 손가락질할 게 뻔하다.

그러나 그런 우려는 현실로 이어지지 않았다.

"아……."

숨을 죽인 청중평가단 그 누구도 그걸 의식하지 않는다. 아니, 알고 있지만 그것에 토를 달거나 인상을 찌푸릴 겨를조차 없다.

이것이 노래라는 것조차 잊어버렸다. 더 나아가 음정이나 박자 따위는 전혀 중요하지 않게 되었다.

이렇게 슬픔을 가슴으로 울부짖는 게 울림이다. 이 진정성 있는 외침이야말로 그토록 그들이 듣고 싶었던 진짜 노래다.

"흐으윽."

청중평가단의 누군가 입을 손으로 막고 숨죽여 운다. 복받치는 감정을 도저히 추스를 수 없을 만큼 격하게 심장을 때린 것이다.

뤄샤오이도 그러한 감정에서 자유로울 수 없었다.

이미 붉어진 눈시울에 눈물이 핑 돌고 있었다.

'아파, 너무 아파서 눈물이 사치일 정도로 아파.'

가슴을 꽉 부여잡은 그녀가 무대 위에서 열창하는 수를 밉게 노려봤다.

'당신 뭔데, 왜 이렇게까지 남의 감정을 멋대로 후벼놓느냐고.'

원망을 하면서도 감정이 주체가 되지 않는다.

아직 수의 노래가 끝이 나지 않아서다.

비틀거릴 내가 안길 곳은 어디에
비틀거릴 내가 안길 곳은 어디에

격렬하다 못해 처절했던 울부짖음은 아련한 속삭임으로 바뀐다.

목 놓아 포효하던 감정이 체념이 되어가는 느낌. 그 또 다른 감정에의 노크가 진한 감동이 되어 청중평가단의 가슴을 울렸다.

소박하고 강인했던 수의 모습 그대로…….

딩! 디이잉.

현의 울림과 동시에 노래가 막을 내렸다.

그제야 수의 표정이 한결 누그러졌다.

드디어 끝났다는 안도감이 피어오르며 온몸의 긴장이 쫙 풀린 것이다.

'내가 해냈어. 내가…….'

만족스럽냐고 묻는다면 그렇다고 대답할 수 없다. 다만, 최선을 다했냐고 묻는다면 감히 그렇다고 말할 자신이 있었다.

'이제 좀 쉴 수 있을까?'

그런 생각을 갖는데, 당연히 이어져야 할 박수 소리가 들려오질 않았다. 간헐적으로 들리긴 하지만 이전과 비교하면 너무 작다.

수의 가슴에 불안감이 싹텄다.

최선을 다했다고 생각했지만, 그건 어디까지나 본인의 생각이다. 청중평가단에게 오늘의 노래가 최악으로 들렸을 가능성도 배제할 수 없다.

수가 마음을 가다듬고 찬찬히 눈을 떴다.

용기를 내서 방청객석을 쳐다보는데.

"……!"

청중평가단의 상당수가 입을 손으로 가린 채 흐느끼고 있었다.

노래가 끝이 나고 박수를 쳐야 한다는 사실조차 잊은 채, 그 감정에 취해서 헤어 나오질 못하고 있던 것이다.

그러길 얼마의 시간이 지났을까?

조금씩 현실로 돌아온 청중평가단에게서 우레와 같은 박수가 쏟아졌다.

짝짝짝!

"와아!"

"리 쇼우! 리 쇼우!"

시간 차를 두고 연호하는 청중평가단을 보며 수는 옅은 미소를 머금었다.

팬들의 열렬한 지지에 실망을 주지 않았다는 안도감을 느낀 것이다.

'이거면 충분해…… 난 이 무대 위에 살아 있어.'

수가 의자에서 일어날 때였다.

"어? 어!"

순간적으로 머릿속이 아찔하다. 동시에 두 다리의 힘이 맥없이 탁 풀린다.

휘청!

오뚝이처럼 위태로 갸우뚱거리던 몸의 밸런스가 무너진다.

'몸이 갑자기 왜 이러…….'

생각의 끈이 이어지지 못한다. 마찬가지로 신체의 균형도 유지되지 않는다.

털썩!

결국 무너지듯이 주저앉고 말았다.

"……!"

누구도 예상하지 못한 돌발적인 상황이 눈앞에서 벌어졌다.

당혹스러움을 감추지 못한 청중평가단을 뒤로하고 후준PD의 지시를 받은 스태프들이 무대로 뛰어 올라갔다.

"리 쇼우 씨! 정신 차리세요. 제 말 들려요?"

"……."

"선배, 탈진한 거 같은데요?"

"그걸 누가 몰라? 뭘 쳐다만 봐, 업어!"

의식의 끈을 놓은 수가 대답이 없자, 다급해진 스태프가 들쳐 업고는 무대 뒤편으로 뛰어나갔다.

그걸 지켜보던 청중평가단의 표정에 걱정스러움이 피어올랐다.

뤄샤오이의 표정도 마찬가지로 좋지 않았다.

"괘, 괜찮은 거겠지?"

벼르고 별렀던 3라운드다. 승부를 떠나서 이런 좋지 않은 일로 수가 실려 나가는 모습을 보고 있으려니 마음이 편치 않았다.

2

음악 감상실.

그곳에서도 무대 위에서 쓰러진 수가 실려 나가는 모습을 보고 수심이 가득했다.

"이, 이게 무슨 일이죠?"

"탈진한 거 같은데…… 걱정이네요. 별일이 아니었으면 좋겠는데."

거기까지 걱정이 미치긴 했지만, 너무 심각하게 접근하진 않았다.

과로에 독감까지 걸렸다는 사실을 이미 알고 있었던 터라 무대가 끝나고 긴장이 풀리면서 탈진한 거라고 내심 짐작하고 있었다.

그때 흐느낌을 추스른 장신위안이 떨리는 목소리로 말했다.

"꼭 그거 같았어요."

"뭘 말씀하시는지?"

저우카이가 반문했다.

"노래 가사 말이에요."

"네?"

장신위안이 아직 감정의 여운을 잊지 못하고 읊조렸다.

"힘겨운 날에 너마저 떠나면, 비틀거릴 내가 안길 곳은 어디에. 마치 리 쇼우 씨는 그 어디에를 찾지 못하고 쓰러진 것처럼 보였어요."

"에이, 그건 너무 과대 해석 같네요."

"그렇죠?"

"네."

"문득 스쳐 가는 것처럼 그런 생각이 들었네요. 수 씨는 노랫말처럼 모든 걸 쏟아내고 쓰러질 만큼 몰입을 한 게 아닐까 싶더라고요."

"……"

그저 개인적임 감상에 지나지 않지만 짱바이후와 저우카이는 반박을 하지 못했다. 아니, 할 수가 없다는 말이 정확할 것이다.

"어디에를 울부짖던 모습이 잊히지 않아요. 소중한 사람을 잃고, 잠시 쉴 곳도 없이 비틀거리는 건 우리의 모습이잖아요."

"……반박 못 하겠네요."

그 역시 한 인간으로서 살아가며 느끼는 고독, 아픔, 슬픔 등을 느꼈기 때문이다.

잠시 입을 다물고 있던 저우카이가 느낀 바를 늘어놓았다.

"저번 라운드까지 보고 리 쇼우 씨가 참 대단한 가수라고 느꼈습니다. 근데, 오늘 무대를 보고 한 가지 더 깨달았습니다."

"그게 뭡니까?"

"예술. 다른 말로 아트(Art)."

"네? 아트요?"

너무도 뜬금없는 발언에 장신위안이 볼을 실룩거렸다. 그건 쨩바이후도 마찬가지였다.

그러거나 말거나 저우카이는 자신의 생각을 표출했다.

"오늘 리 쇼우 씨의 무대는 완벽하지 않았어요. 목 상태도 최악이고 음정도 불안정했습니다. 중간에 인이어 사고도 있었죠. 발성으로 볼 때, 클라이막스에선 음이탈의 연속이었어요."

"그건 맞는 얘기네요."

짱바이후도 공감했다.

음악적인 접근을 하자면 저우카이가 구구절절 짚어낸 것에 하나도 틀린 부분이 없었다.

다만, 음악 그 자체로 감상한 장신위안은 달랐다.

"전 아무렇지 않았어요. 오히려 그래서 더 짠한 감동이 온 거 같기도 하고."

"바로 그겁니다."

저우카이가 안경을 올려 썼다.

"노래이지만, 노래가 아닌 표현으로 우리에게 감동을 선사했죠."

"아!"

"음악이 갖춰야 할 요소를 다 초월한 그만의 표현. 그것으로 감동을 이끌어낸 것 자체만으로도 인정해야 합니다."

"그래서……."

"감히 말하고 싶네요. 리 쇼우 씨야말로 감동을 주는 진짜 아티스트라고."

나도 가수다 3라운드.

수에게 최고의 찬사가 허락됐다.

3

"이쪽이요!"

수를 등에 업은 스태프가 헐떡거리며 주차장을 가로질렀다.

때마침 도착한 구급차의 병상에 수를 몸을 눕히자 응급 요원들이 재빨리 혈압과 동공, 체온, 심장박동 등을 체크했다.

리이펑 주임과 승원이 탑승하자 구급차가 병원으로 출발했다.

"자세한 건 가봐야 알 거 같습니다."

불안감을 가중시키는 말에 차 안이 정적에 휩싸였다.

머지않아 도착한 곳은 창사에서 손꼽히는 대학병원이다. 행정구역 내에서 가장 전문적인 의료진과 시설을 갖추고 있었다.

구급 요원들이 구급차에서 내리기 무섭게 병상 카트를 빠르게 밀었다.

응급실에 도착하자 의사들이 좀 더 세분화된 검사를 실시했다.

그때까지도 수는 의식이 없었다.

4

술렁술렁.

수가 쓰러진 뒤, 공개홀의 분위기는 쉽게 안정되지 않았다.

감동적인 무대를 선사한 가수가 쓰러져 실려 나가는 모습을 눈앞에서 목격했다 보니 여러 의미로 걱정이 되고 신경이 쓰였다.

"더는 지체하면 곤란해요. 바로 진행합시다."

후준PD는 단호한 결정을 내렸다. 수가 쓰러진 건 안타깝지만 녹화를 여기서 중단할 수는 없는 노릇이다.

뤄샤오이가 고개를 끄덕였다.

그러나 그녀의 생각은 온통 수에게 가 있었다.

'끝까지 예상이 안 되는 사람.'

오늘 수의 목 상태는 최악이었다. 감추려고 해도 감춰지지 않은 거친 발성과 음이탈이 그걸 알려주었다.

악조건 속에서도 수는 자기만의 방식으로 청중평가단의 마음을 움직였다. 그것만으로도 감동적인데, 무대가 끝난 직후 의식을 잃고 쓰러졌다.

안다.

지나친 무리로 한계에 봉착한 심신이 버티지 못한 걸.

그걸 뻔히 아는데도 그 타이밍이 너무 절묘해서 할 말을 잃게 만든다.

'영화 같은 인생을 사시네요.'

뤄샤오이가 입술을 질끈 깨물었다.

나도 가수다는 경연을 표방한다.

최악의 몸 상태임에도 최선의 무대를 선보인 수의 투혼은 청중평가단의 투표에 긍정적으로 작용할 게 뻔했다.

뤄샤오이는 애써 그런 감정을 숨긴 채 무대에 올라 프로그램을 진행했다.

"너무 안타까운 일이 있었습니다. 현재 리 쇼우 씨가 병원에 도착했다고 합니다. 자세한 경과는 연락이 오는 대로 여러분께 전해 드리도록 하겠습니다."

잠시 숨을 고르며 분위기를 전환한 그녀가 손에 쥔 메모지를 보며 말을 이었다.

"규칙대로라면 리 쇼우 씨가 다음 무대에 오를 가수를 지명해야 합니다. 하지만 그게 불가능해진 까닭에 무작위 추첨으로 진행을 하도록 하겠습니다."

스태프 중 한 명이 경연 순서 추첨에 사용 되는 상자를 무대 가운데에 옮겨놓고 후다닥 내려갔다.

"그러면 추첨을 해볼까요?"

뤄샤오이가 환히 웃으며 상자 안에 손을 넣어 공 하나를 꺼내 보였다.

청중평가단을 향한 그 공엔 샤오민이란 글자가 선명하게 새겨져 있었다.

"나도 가수다 세 번째 무대에 오를 가수는 샤오민 씨입니다."

호명을 마친 뤼샤오이는 무대를 내려왔다. 다음 무대 세팅을 위해 몇 분의 시간이 소요되기 때문이다.

'죄송해요, 선배님.'

다른 누구도 아닌 뤼샤오이가 추첨을 해서 뽑은 만큼 미안했다.

중화권 국민가수 중 한 명으로 손꼽히는 샤오민의 음악에 이견을 제시할 순 없지만 전후 사정을 고려할 때 사정이 너무 좋지 않았다.

'……청중평가단의 신경과 마음이 모두 기울었어. 과연 저들의 귀에 선배님의 노래가 들릴까?'

나도 가수다 1라운드에서 모든 출연 가수가 비슷한 경험을 했다.

자진해서 첫 순서에 오른 수가 부른 별, 그대 OST My Destiny.

그때 청중평가단을 휩쓴 압도적인 무대 장악력을 떠올리면 아직도 오금이 저린다.

중화권 최고 가수라고 자부하는 남은 가수들의 무대를 하찮게 만들어 버렸으니까. 그런 불상사가 오늘 또 일어나지 않을까 우려됐다.

FD의 신호에 맞춰 샤오민이 무대에 등장했다. 청중평가단은 박수로 환영했다.

잠시간의 시간을 갖고 세션의 연주가 시작됐다.

2003년에 발표된 고 장국영의 To You라는 곡이다.

한 시대를 풍미했던 배우이자 가수 장국영의 이 곡은 자신의 실수로 떠나보낸 연인을 그리워하는 노래 가사와 함께 은은한 노래의 선율에 마음이 따뜻해지는 곡이다.

한국에서는 초콜릿 CF의 배경음악으로 사용된 전례도 있는데, 발표된 곳이 홍콩이라는 특수성 탓에 북경어, 광동어뿐 아니라 영어로도 녹음이 되어 거부감 없이 사용되었다고 한다.

샤오민은 자기만의 색채로 재해석된 To You를 열창했다.

경연이라기보다는 콘서트에서 부를 법한 편곡이었다. 앞선 뤄샤오이와 수의 무대와 달리 귀를 편히 하고 들을 수 있는 부드럽고 섬세한 곡이다.

'틀렸어.'

가장 가까이서 청중평가단의 반응을 확인하던 뤄샤오이가 고개를 저었다. 샤오민의 가창력엔 반론의 여지가 없다. 국민가수로 자리매김을 하고 이십 년 가까이 대중의 사랑을 받는 가수로 남으려면 그만한 실력을 갖추지 않고선 불가능하기 때문이다.

그러나 딱 거기까지였다.

'언제나처럼 잘 부르셔. 잘 부르는데, 그게 다야. 청중평가

단의 누구도 몰입을 하지 못해.'

청중평가단의 표정을 보라.

억지로 인상을 쓰고 곡의 감정에 몰입하려는 모습이 보인다. 또 몇몇은 귀를 활짝 열고 듣고 있지만 표정에는 밋밋함이 묻어난다.

앞서 수의 무대가 전한 강렬함 때문이다.

너무도 격정적인 무대가 준 충격이 가시질 않았는데, 이런 잔잔한 무대를 보고 있자니 감성이 무뎌질 수밖에 없다.

수의 무대가 직접적으로 청중평가단의 감정을 터치하며 후벼놓은 데 반해, 샤오민의 노래는 한발 떨어진 채 그저 감정을 속삭이는 정도에 지나지 않아서다.

한마디로 요약하자면 감흥이 없었다.

뤄샤오이는 또 입술을 깨물었다. 어찌나 세게 깨물었던지 입안에 비릿한 피 맛이 감돌았다.

'이게 뭔 꼴인데? 이기기는커녕, 리 쇼우 씨보다 앞 순서에서 부른 것에 감사해야 할 꼴이잖아.'

지금 그녀가 느끼고 있는 이 불편하고 짜증 나는 감정은 패배 의식이다. 내색하려 하지 않으려 해도 열등감이 자꾸 들었다.

'나도 알아. 음악이 다 다르다는 걸. 아는데…… 이 격차는 쫓기가 버거울 만큼 너무 압도적이야.'

가수마다 저마다 색깔이 다르고 가수들은 그 다름을 기호대로 즐긴다. 그렇기에 이처럼 순위를 매기는 것에 의미가 없다는 것도 안다.

근데 뭔가.

이 자괴감은.

시간이 점점 흘렀다.

노래를 마친 샤오민의 지명으로 다음 출연 가수가 무대에 섰다.

역시나.

뤄샤오이의 예상대로 어느 누구도 청중평가단에게 감흥을 주지 못했다.

1, 2라운드에 비해 경연에 어울리는 편곡과 구성을 짠 건 분명하지만 거기까지였다.

수가 보여준 무대만큼 위압적이며 가슴을 후벼 파는 무대는 없었다. 의무적이고 형식적인 박수 소리가 오히려 씁쓸하게 남을 따름이다.

이제 마무리를 짓기 위해 무대에 오르려는 뤄샤오이를 후준PD가 불러 세웠다.

"지금 병원 측으로부터 리 쇼우 씨 괜찮다는 연락을 받았습니다. 아직 잠에서 깨진 않았지만 안정 중이라고 하네요."

"아…… 다행이네요."

고개를 끄덕인 뤼샤오이가 그대로 무대에 올라 마지막 멘트와 함께 수의 무사함을 전했다.

"오!"

청중평가단에서 안도의 탄성이 터졌다. 그도 그럴 것이 무대에서 쓰러져서 실려 나갔는데 신경이 쓰이지 않을 수가 없었다. 그런 반응에 뤼샤오이가 일말의 기대감을 품었다.

'다행이야. 리 쇼우 씨가 괜찮다는 얘길 청중평가단의 심사 전에 전할 수가 있어서…….'

수를 인정하면서도, 그녀는 이 경합의 순위에 신경을 쓰지 않을 수가 없었다. 동정표가 없다면 혹시라도 1위를 할 수 있지 않을까 하는 막연한 기대감 때문이다.

비공개로 진행된 투표가 끝났다.

청중평가단이 공개홀을 나서자 밖에서 대기하고 있던 작가와 카메라맨이 달려가 인터뷰를 했다.

"오늘 무대 어떠셨는지?"

"멀리서 온 보람이 있네요. 나도 가수다 최고, 특히 리 쇼우 씨 최고!"

또 다른 카메라의 인터뷰.

"누구 무대가 제일 마음에 드셨는지?"

"리 쇼우? 어떻게 그럴 수가 있죠? 아직 어린 거 같은데, 저

보다 더 많은 아픔을 겪은 거 같아요."

이번엔 카메라맨과 작가가 젊은 남성에게 다가가 물었다.

"제일 감명 깊은 무대를 하나 꼽자면?"

"당연히 뤄샤오이 씨죠. 와, 고음에 소름 끼치지 않아요?"

꼭 수에 대한 호평만 이어진 것은 아니다.

교단에서 학생들에게 음악을 가르치는 40대 여자 선생님
은 전혀 다른 인터뷰를 했다.

"리 쇼우 씨 무대가 강렬하긴 했는데, 너무 목이 안 좋았어
요. 후반부에 음이탈을 낼 때마다 인상이 써지는? 아무튼 불
편했어요. 오히려 샤오민 씨의 무대가 편하고 듣기 좋았어
요."

약간 과하게 차려입은 듯한 드레스 차림에 명품백을 든 30대
여자도 비슷한 말을 했다.

"뭐랄까, 좀 엘레강스하면서도 우아하지 못하달까? 내가
또 우아하지 못한 건 질색이라서. 그래서 리 쇼우보단, 뤄샤
오이한테 마음이 기우네."

이게 음악의 다양성이다.

청중평가단 개개인의 기호에 따라 최고의 가수가 달라지
는 만큼 누가 더 낫고 못 하냐를 판가름하는 건 어려운 일이
다.

같은 시각.

공개홀 무대 위에 수를 제외한 출연 가수 여섯 명이 모두 한자리에 모였다.

"투표 결과가 나왔습니다."

무대 아래에 선 후준PD의 말에 출연 가수들의 표정에 긴장감이 서렸다. 1위도 중요하지만 나도 가수다엔 탈락이라는 룰이 있다. 누가 탈락 가수가 될지 모른다는 부담감이 그들의 가슴을 짓눌렀다.

"안타깝게도 이 자리에 리 쇼우 씨가 함께하진 못했습니다. 순위가 공개되고 난 뒤에 따로 전해 드리도록 하겠습니다."

후준PD가 손에 쥐고 있던 봉투를 열어 순위표를 확인했다.

"1위부터 발표하도록 하겠습니다. 나도 가수다 3라운드 명예의 1위는……."

Chapter 9

1

"정신이 드세요?"

초점이 잡히지 않아 희미한 시야 너머로 익숙한 목소리가 들린다.

몇 번이고 반복적으로 눈을 깜빡이다 보니 서서히 세상이 선명해진다.

높은 천장, 코를 찌르는 소독약 냄새…… 이미 한 차례 경험한지라 이곳이 어딘지 쉬이 짐작할 수 있었다.

"여긴……."

"외국인 전용 VIP병동이에요."

익숙한 목소리의 정체는 매니저 승원이었다.

확답을 듣고 나자 확신이 들었다.

"저 또 쓰러진 거예요?"

"네, 아주 습관적이라니까."

"그러네. 얼마나 잔 거죠?"

"보자, 지금이 오후 세 시니까 이틀 조금 못 잤네요."

"이틀이나……."

정신이 완전히 들지 않아서일까?

가물가물 시간 개념을 정립하며 하루를 돌아보던 수가 순간 정신이 들었는지 번쩍 승원을 돌아봤다.

"최종 순위는? 결과는 어떻게 됐죠?"

"그게……."

승원이 선뜻 대답하지 못하고 머뭇거릴 때였다.

드르륵!

미닫이문이 열리더니 리이펑 주임과 간호사가 따라 들어왔다.

"역시. 깨어나자마자 순위 먼저 물으실 줄 알았습니다."

"저…… 수액 갈아드릴게요."

간호사가 동경 어린 시선으로 수를 보며 수줍어했다. 혈맥을 찾아 주삿바늘을 꽂으면서도 힐끔 수를 훔쳐보는 시선이 노골적이다.

'저러다 잘못 찌르는 거 아냐?'

우려와 달리 그녀는 능숙한 솜씨로 주삿바늘을 꽂고 링거에 연결하더니 병실을 나섰다.

"팬이랍니다. 퇴원하시기 전에 사인이라도 한 장 해주면 고마워할 겁니다."

"그럴게요. 그보다 주임님, 최종 순위 좀 알려주세요. 저 몇 위죠? 궁금해 죽겠습니다."

"죄송하지만, 말씀드릴 수가 없습니다. 아니, 못 드린다고 해야 정확하겠죠."

"네? 그게 무슨……."

수가 반사적으로 반문했다.

알려줄 수 없다니, 이건 또 무슨 소리인가.

수가 당황스러운 반응을 보이자 리이펑 주임이 피식 웃으며 사정을 얘기했다.

"제작진이 안 알려줬습니다."

"그게 말이 됩니까?"

수가 어처구니가 없다는 듯이 볼을 실룩거렸다.

"저도 말이 안 되는 거 아는데, 후준PD가 거듭 부탁을 했습니다."

"부탁?"

"촬영 요청입니다. 이 병실에서, 수 씨에게 순위 결과를 직접 알려주고 싶답니다. 연락을 주면 지금 당장에라도 오겠더 군요."

"……."

수는 잠시 할 말을 잃었다.

깨어나긴 했지만 아직까진 안정을 취해야 할 시기다. 그런 상황을 아는지 모르는지, 촬영부터 하겠다는 심보가 고약하 게 느껴졌다.

'하여간, PD란 작자들은 죄다 이기적이야.'

썩 유쾌하진 않았지만 그러려니 했다. 작위적으로 조작을 하지 않는다면 프로그램에 출연하는 가수로서 서로 돕는 게 맞으니까.

"그러라고 하세요."

"그리 전하죠. 아! 그보다 몸은 어떠신지?"

"……진작 묻지. 서운하게 이제 물으세요? 생각보다 많이 좋아진 거 같아요. 열도 없는 거 같고."

의외로 컨디션이 좋았다. 열도 많이 내렸고 오한이나 기침 도 사라졌다. 목은 아직 따끔거리긴 했지만 전에 비하면 훨씬 양호하다.

"다행이네요. 그러면 전 후준PD한테 연락하고 오겠습니 다."

리이펑 주임이 병실을 나서자 승원이 끼어들며 한마디 보됐다.

"진짜 괜찮아요?"

"네, 쉬어서 그런지 되게 개운하네."

승원이 놀란 표정을 지었다.

"……투여한 게 많아서 그런가? 효과가 빠르긴 한가 보네요."

"그건 또 무슨 말이에요?"

반문에 떨떠름한 표정으로 링거를 손가락으로 가리켰다.

"이거요."

"링거잖아요?"

"그죠. 문제는 이게 여덟 병째라는 거죠."

"네?"

일순 수가 할 말을 잃었다. 대략적으로 계산해도 하루에 네다섯 병의 항생제와 영양제를 맞았다는 얘긴데 아무리 환자라지만 조금 과하다는 생각이 들었다.

그러나 이런 식의 투여는 중국 병원에서 흔히 볼 수 있는 일이다. 항생제가 겉으로 보이는 효과가 빠른 만큼 중국 의사들이 애용하기 때문이다. 물론 환자 건강의 장기적인 측면에서 이런 남용은 결코 몸에 좋지 않다.

수가 볼을 긁적였다.

'그래도 뭐, 일단은 나았으니까.'

좋은 게 좋은 거라고 신경을 껐다.

그보다 더 신경이 쓰이는 건 한국에서 애간장을 태우고 있을 고은은이다.

수는 휴대전화를 들어 통화 버튼을 눌렀다.

따이이!

신호 대기음이 흐르기가 무섭게 끊기더니 그녀의 목소리가 들렸다.

─수 씨?! 수 씨예요?

"네, 저예요. 걱정 많이 했죠?"

─그걸 말이라고 해요? 아픈 데는요? 지금도 많이 아픈 거예요?

"아뇨, 덕분에 다 나은 거 같아요."

─다행이다, 다행이야.

수화기 너머로 흐느끼는 그녀의 울음소리가 들려왔다. 의식을 잃었다는 소식을 접하고 모르긴 몰라도 새카맣게 가슴이 타들어갔을 것이다.

"미안. 나 이제 안 아플게요. 약속해요. 그러니까 울지 마요."

─거짓말. 안 믿어. 맨날 걱정만 끼치고…….

불과 하루밖에 되지 않았지만 두 사람 사이에 쌓인 대화는 무척이나 많아 보였다.

하지만 아직 기운이 없는 수의 목소리에 고은은은 투정을 부리지 못했다.

─언제 와요? 공항으로 마중 나갈게요.

"아직 모르겠어요. 비행기 예약하면 그때 알려줄게요. 아! 누구 왔나 봐요. 이따 전화할게요."

수가 전화를 끊기가 무섭게 미닫이문이 열리며 리이펑 주임이 들어왔다.

"후준PD랑 스태프들이 도착했습니다."

"벌써요?"

"내일이 방송일이다 보니 서둘렀나 봅니다. 들어오라고 할까요?"

"네, 그러세요."

수의 허락이 떨어지자 리이펑 주임이 미닫이문 밖으로 손을 빼 손짓을 했다. 그러자 복도에서 대기하고 있던 후준PD와 카메라맨, 조명, 작가 등 스태프들이 밀려들어 왔다.

"오셨어요?"

"아, 몸도 안 좋으신데 가만히 앉아계세요. 그보다 사정상 시간이 없어서 그런데 바로 촬영에 들어가도 될까요?"

촬영 녹화를 마친 뒤 편집 과정을 통해 자막, 보정 작업을 해야 하는 후준PD 입장에선 서두를 수밖에 없었다.

"전 상관없습니다."

수가 대수롭지 않게 수락하자 조명과 반사판 세팅을 끝내더니 곧장 촬영에 들어갔다.

앞쪽에 앉은 작가가 도화지에 글자를 써서 보였다.

─건강은 어떠신지?

"……좀 더 안정을 취해야 하긴 하지만 보다시피 많이 나아졌습니다. 심려를 끼쳐 드려 시청자분들께 죄송하다는 말씀을 드립니다."

형식적인 몇 가지 질문이 오간 뒤 드디어 본론으로 들어갔다.

─최종 순위는 아시는지?

"아뇨. 안 그래도 궁금해 죽겠는데 아무도 안 알려주더군요. 저 몇 위 했나요?"

'그만 질질 끌고 말해주지?'

티를 내진 않았지만 수도 초조했다.

평소라면 스스로 1위를 했다고 자부했겠지만, 3라운드만큼은 가늠이 되질 않았다.

'어떻게 불렀는지 기억도 잘 안 나. 엉망진창이나 다름없었어.'

건강상의 이유로 리허설을 제대로 진행하지 못한 게 컸다.

그 여파로 인이어 고장이라는 최악의 사태까지 직면했다. 그뿐인가, 곡의 클라이맥스에 들어서는 목이 버티지 못하며 음이탈이 난무했다.

결정적으로 한 가지가 더 있다.

'뤄샤오이 씨의 무대가 신경이 쓰여.'

앞서 있었던 뤄샤오이는 무대는 청중평가단의 마음을 사로잡기에 충분했다. 공연이 아닌, 경연에 적합한 무대랄까.

앞선 라운드에서 보여준 무대와는 격이 달랐다. 자신의 한계라는 껍질을 깨고 나온 업그레이드된 무대였기에 수도 의식하지 않을 수가 없었다.

스윽.

숨 죽여 순위 결과를 기다리고 있는 수에게 제작진이 봉투를 건넸다.

"뭐예요?"

"그 안에 순위가 적혀 있습니다."

수가 긴장 어린 표정으로 봉투를 개봉했다. 안에 든 내용물을 꺼내서 펼치자 깨알같이 적힌 한 줄의 문장이 눈에 들어왔다.

―졸업을 축하드립니다.

믿기지 않는 결과에 수가 고개를 들어 제작진을 쳐다봤다.

정말 이게 진짜냐고 묻는 듯한 시선에 후준PD가 육성으로 대답했다.

"백분율에서 리 쇼우 씨가 31.2%를 차지, 30.8%를 차지한 2위 뤄샤오이 씨와 0.4%라는 박빙의 차이로 1위를 차지하셨습니다."

"아……."

수는 얼떨떨함에 어떤 말이나 표현도 하지 못했다. 기대하지 않았다면 거짓말이지만, 실감이 나지 않았다. 그저 얼빠진 사람처럼 어버버할 뿐이다.

"또한 나도 가수다 규정대로 3회 연속 1위를 차지한 리 쇼우 씨에겐 조기 졸업의 영예가 주어지게 됩니다. 여기 트로피 받으시고요."

제작진에게 순금으로 제작된 트로피를 손수 건네받으면서도 믿기지가 않았다.

'내가 해냈어. 해냈다고!'

참 많은 감정이 교차했다.

최초의 졸업이란 타이틀은 영광스러웠다. 더 나아가서 대중들에게 인정을 받는 가수로 발돋움했다는 사실이 무엇보다 기뻤다.

그러나 나도 가수다의 무대에 한동안 설 수 없다는 사실에 못내 아쉬운 감정이 들기도 했다. 가수에겐 무대에 서는 것이야말로 무엇과도 바꿀 수 없는 큰 행복임을 깨달았기 때문이다.

"나아가서 리 쇼우 씨에겐 올 가을에 있을 나도 가수다 가왕전에 출전하게 될 일곱 명 중 한 명으로서의 출전 자격이 주어지게 됩니다. 축하드립니다."

"가, 감사합니다."

가왕전!

수도 그제야 졸업을 했다는 실감이 들었다.

엄밀히 따지면 지금의 나도 가수다의 라운드 경연은 예선전이나 다름이 없다.

수처럼 3회 연속 1위를 차지해 조기졸업을 하거나, 7회 연속 생존을 하게 되면 명예졸업을 통해 가왕전 출전 티켓을 손에 거머쥐게 된다.

'들뜨지 말자. 이제 겨우 한발 뗐을 뿐이야.'

수는 자만하지 않았다.

뤄샤오이와 백분율 차이는 고작 해봐야 0.4%다. 청중평가단 한 명의 투표 여하에 따라서 순위가 바뀔 수도 있는 수치다.

'이제 다른 출연 가수들도 경연에 어울리는 편곡과 구성에 눈을 뜨기 시작했어. 자칫 방심하다간 먹히는 건 내가 될지 몰라.'

수의 목표는 가왕이다.

가왕에 오르기 전까진 긴장의 끈을 놓거나 거침없는 행보를 멈추고 싶은 생각은 추호도 없었다.

작가가 다시 도화지에 글자를 써서 수에게 보였다.

―하실 말씀 있으시면 하세요.

'할 말이라…….'

수가 잠시 말을 아끼며 생각에 잠겼다.

그러다가 결심을 했는지 카메라 앵글을 바라보며 포부를 밝혔다.

"벌써부터 가왕전이 기다려지네요."

2

무려 사흘을 병원 신세를 지고서야 수는 퇴원 수속을 밟았다.

무식하리만치 많은 항생제와 영양제의 투여 덕분인지 건강은 생각 이상으로 좋아졌다.

결국 병원에서 시간을 보내다 나도 가수다 본방이 방송되는 토요일 오후에서야 인천공항을 통해 귀국했다.

이젠 제법 알아보는 사람이 많아진 터라 선글라스에 모자까지 푹 눌러쓰고 주차장으로 이동했을 때였다. 수는 차 앞에서 있는 한 사람을 보고 깜짝 놀랐다.

"은은 씨?"

수가 선글라스를 벗으며 놀란 음성을 토했다. 동공이 잔뜩 커져 있었다.

오지 말라고 신신당부를 했건만, 기어코 온 그녀가 눈물을 글썽거리고 서 있었다.

"얼마나 걱정했는지 알아요? 진짜 혼나야 돼."

"입이 열 개라도 할 말이 없네. 미안해요."

수는 당장에라도 울음을 터뜨릴 것 같은 그녀를 꼭 품에 안고 토닥였다.

"진짜 미워. 왜 이렇게 울리기만 하고. 걱정시키고. 하나도 안 행복하다고."

"……."

수는 입이 열 개라도 할 말이 없었다.

그저 더 꽉 그녀를 끌어안았다.

때로 진심을 전할 때 그 어떤 말보다 다른 방법이 더 효과적일 때가 있다. 수는 온기로나마 그간의 미안함을 전했다.

그간의 서러움이 좀 진정될 무렵 매니저 승원이 눈치를 줬다.

"죄송한데, 좀 타시는 게 어떨까요?"

그제야 아차 싶었던 두 사람이 떨어지며 밴에 탑승했다.

영종대교를 건너서 이동을 하는 내내 고은은이 투정을 부렸다.

"나 가출할 거예요."

"해요. 다시 잡아올 거니까."

"누구 맘대로? 누가 잡혀는 준대요?"

한참 그렇게 투닥거리며 시간 가는 줄 모르는 새 목적지인 주상복합 아파트에 도착했다.

띠! 띠! 띠!

비밀번호를 누르고 현관에 들어서자 구수한 냄새가 군침을 돌게 했다.

"이거 소갈비 냄새인데?"

수가 의아해하며 고은은을 쳐다봤다.

"……아프기나 하는 남자, 질색이에요. 먹고 아프지 마요."

"은은 씨가 직접 재웠어요?"

"흥."

뭘 굳이 그런 걸 묻느냐는 듯 고개를 휙 돌려 거실로 들어갔다.

수는 그런 그녀의 토라짐이나 투정이 너무 귀엽게 느껴졌다.

'가만히 둘 수가 없는 여자라니까.'

뒤따라 들어온 수가 순간적으로 그녀의 손을 낚아챘다.

"어머!"

은은이 대응할 틈도 없이 손에 이끌려 벽에 밀치더니 눈을 맞췄다.

두근! 두근!

조금 전과 달리 가라앉은 수의 눈길이 그녀의 심장을 떨리게 만들었다.

"뭐, 뭐예요?"

"그걸 말로 해야 아나요."

"그, 급할 거 없잖아요. 아직 씻지도 않았고, 갈비도……읍!"

둘러대는 모습조차 사랑스러운 고은은의 입을 수가 입술로 막아버렸다.

뭐라고 아직 할 말이 있는 듯이 바동거렸으나, 이내 수에게 잡힌 손목에 힘이 쭉 빠졌다.

아!

은은은 적극적인 키스만으로도 느꼈다.

이 사람이 날 진심으로 사랑하고 원하는구나.

그윽한 눈빛만으로도 사랑받는다고 느끼고, 이 순간에 행복함을 느낄 수 있는 게 여자니까.

이젠 고은은의 태도가 달라졌다.

'나도…… 원해요.'

고은은이 좀 더 적극적으로 수의 셔츠의 단추를 땄다. 조금은 거친 면이 느껴지지만, 그렇기에 더 흥분되는 손놀림이다.

"어? 어!"

어느 순간 수는 자신이 리드하는 게 아닌, 리드당한다는 인상을 받았다.

'또, 또 이런 식이야?'

낮에는 현부, 밤에는 요부.

수만이 아는 그녀의 모습이다.

소파 위로 자리를 옮기자 활처럼 휜 그녀의 허리 라인이 눈앞에 펼쳐진다.

"아아!"

달뜬 그녀의 신음이 거실을 뜨겁게 달궜다.

그리고……

수는 밤에 지는 남자가 되고 말았다.

3

휴가가 따로 있는 게 아니다.

수는 주상복합 아파트에 처박혀서 나흘을 더 빈둥대며 쉬었다. 소파에 앉아 배고프면 먹고, 그간 못 본 영화도 몰아봤다.

만사 귀찮았다. 그간 쓴 에너지라곤 고은은과 나눈 사랑이

다였다.

'문제는 횟수지.'

그래.

누가 먼저라 할 것 없이 눈이 마주치거나, 영화에서 끈적이는 장면이라도 나올 때면 어김없이 뜨거운 사랑을 나눴다. 쉬면서 겨우 비축한 정력이 바닥날 때까지.

그런 일상의 반복을 깬 건 수의 외출 때문이다.

"겨우 붙어 있는데, 또 나 혼자 두고 어디 가는데요."

또 혼자 두는 게 싫었는지 고은은이 쌍심지를 켜며 노려봤다.

결국 고민을 하던 수가 어렵사리 비밀을 털어놓았다.

"전에 말했던 후배 진서 기억하죠? 걔가 시한부 판정을 받았어요. 길어야 반년…… 올해를 넘기지 못할 거래요."

사실 이 말을 할까 말까 많이 망설였다.

지난 일이긴 하지만 진서는 이성으로 수를 좋아했다. 막연한 짐작이긴 하지만 미묘한 눈빛에서 그걸 느꼈다.

아마 지금도 그러지 않을까?

이러한 사실을 알게 되면 고은은의 마음이 썩 편할 리가 없다.

죽어간다고 해도 어쨌든 여자다.

내 남자가 다른 여자와 시간을 보내는 걸 좋아할 여자는 세상 어디에도 없다.

하지만 수는 진서가 보냈던 이성적 호감까지도 솔직하게 털어놓았다. 거짓말을 하고 싶지 않았다. 둘러대기보단 솔직하게 말하는 게 오히려 고은을을 위하는 쪽이라고 믿었다.

"왜 저한테 진작 말하지 않았어요?"

딱딱하게 굳은 고은을의 표정은 화가 난 듯 보였다.

"저한테 얘길 했으면 진작 가라고 했을 거 아니에요. 뭐해요? 당장 안 썻고."

"네?"

"목숨이 달린 일이잖아요. 실낱같은 희망이라도, 수 씨가 할 수 있는 일이라면 만사 제쳐 두고 가야죠. 뭘 멀뚱히 봐요? 화장실로 갑시다."

그렇게 타박을 당하듯이 수는 떠밀려 나오게 됐다.

본의 아니게 공식적인 허락을 받은 수가 차를 끌고 성모병원에 도착했다.

진서가 입원한 병실 앞에 도착하자 비명 소리가 들렸다.

"꺄아악! 아파, 아파. 너무 아프다고."

"……!"

병실 문 앞에 선 수가 발걸음이 멈췄다.

침상 위에서 일그러진 얼굴로 발버둥 치는 진서가 보인다.

왜 모를까.

말기에 접어든 암은 장기를 넘어 신경이나 골수에도 전이된다. 그때 느끼는 통증의 강도는 인간이 맨 정신으로 버텨낼 수가 없을 정도다.

수는 차마 눈을 뜨고 볼 수가 없었다.

호스피스 병동에서 실습을 하며 수도 없이 보아온 모습이지만, 언제 봐도 적응이 되지 않았다.

"뭐해! 꽉 잡아!"

의사와 간호사들이 팔을 붙잡곤 아편 유사 성분의 진통제를 투여했다.

그제야 약기운이 돌며 고통에 찬 난동도 조금은 잠잠해졌다.

차마 눈 뜨고 보지 못할 광경에 진서 엄마는 입을 가리고 작게 흐느꼈다. 눈에 넣어도 아프지 않을 딸의 고통에 엄마의 가슴은 갈기갈기 찢겨져 넝마도 남지 않았으리라.

안타까운 눈길로 지켜보던 수는 상황이 진정되길 기다렸다.

의사와 간호사가 모두 떠나고 난 뒤, 울 것 같은 얼굴로 병실을 나서던 진서 엄마와 마주쳤다.

"저…… 안녕하세요."

"어? 이수 학생, 어서 와요."

갑작스런 방문에 놀란 진서 엄마가 인사했다.

"들어가도 될까요?"

"안정된 지 얼마 안 돼서, 얼굴은 볼 수 있을 거예요."

수가 끄덕이며 병실 안으로 들어갔다.

"진서야, 나 왔어."

아무것도 모르는 척 밝은 얼굴로 인사를 건넸으나 핏기가 없는 진서에게 돌아오는 대답은 없었다.

방금 전 투여한 약에 마약성 진통제뿐만 아니라 수면 성분까지 섞여 있어 금방 잠이 들고 만 것이다.

진서 엄마가 아쉬운 듯 딸과 수를 번갈아 보며 말했다.

"우리 딸 서운해서 이를 어째…… 수 오빠 온다고 몇 날 며칠을 기다리더니. 미안한데, 아마 내일까진 못 일어날 거예요. 보통 저 주사 맞으면 하루 온종일 자거든요."

"아, 네."

"이수 학생이 온 거 알면 우리 딸 엄청 좋아했을 텐데. 어쩌면 웃었을지도 모르고……."

"……."

수가 다녀간 이후로 진서는 다시 웃음을 잃었다. 간혹 입가에 미소를 띠우는 건 수와 문자를 주고받거나, 짧은 전화 통화를 나눌 때가 전부였다고 한다.

곤히 잠이 든 진서가 너무 딱했다.

"이수 학생."

"네, 말씀하세요."

진서 엄마가 자그마한 노트를 내밀었다. 수가 보니 이전에 진서가 끄적거리던 일기장이었다.

"이걸 왜?"

"염치없는 부탁인데, 한번 봐줬으면 해서요."

수는 말없이 일기장을 건네받았다.

진서 엄마는 뭔가 못 다한 말이 있는 듯 입을 오물거리다가 말았다. 직접 말을 하기보단 일기장을 읽어주길 바라는 눈치였다.

조용한 쉼터로 나온 수가 일기장을 펼쳤다.

첫 구절부터 수의 가슴에 박히는 문장이 쓰여 있었다.

'암이 재발했다.'

이 일기장이 어느 시점부터 쓰였는지를 알 수 있는 대목이다.

그 뒤로 입원을 하게 되며 겪은 치료 과정과 통증, 시한부 판정을 우연히 알게 된 일까지 그간 겪은 절망, 좌절, 우울 등의 감정이 상세하게 적혀 있었다.

"진서야……."

며칠 전 쓴 일기의 내용을 본 수는 딱하다 못해 코끝이 찡했다.

—오늘을 사는 데 이유가 있을까? 없다. 지난 어제가 되어버린 똑

같은 오늘이 있고, 내일이 올 테니까. 부럽다. 내겐 그 똑같은 내일이
없을 테니까.

　수는 가슴이 먹먹했다.
　대부분 사람에게 균등하게 주어진 내일이 자신에게는 없
다는 진서의 절망감이 고스란히 느껴진다.
　일기장의 중간 수에 대한 얘기도 빠지지 않았다.

　─오늘 수 오빠가 왔다 갔다. 이런 망가진 내 모습 보여주기 싫었
는데. 조금이라도 예쁜 모습으로 기억해 주길 바랐는데…… 바보같
이. 너무 좋아서 실없이 웃어버리고 말았다.

　또 기간을 두고 수를 언급한다.

　─중국에 간 수 오빠와 통화했다. 대수롭지 않은 얘기가 다였는
데, 엄마가 그러더라. 내가 웃는 모습 오랜만이라고. 난 원래 잘 웃는
아이였을까?

　아주 사소한 안부 전화였지만, 진서에겐 천금과도 바꿀 수
없는 소중한 행복이었던 것이다.
　수는 입술을 질끈 깨물었다.

진서를 위해 아무것도 해줄 수 없다는 무기력함에 화가 났다.

일기장은 최근 날짜로 오며 끝을 고해갔다.

—아프다, 너무 아파서 죽고 싶다는 생각을 요즘 들어 많이 한다. 아니다. 아니다. 살고 싶다. 죽기 싫다. 너무 살고 싶어서, 눈물이 흐른다. 죽기 싫다.

죽기 싫다.

죽기 싫다.

간절하게 삶을 여망하는 진서의 한마디가 귀에 또렷이 들리는 듯하다.

복받치는 그녀의 심정에 페이지를 넘기던 수의 눈시울이 붉어졌다.

마지막 일기, 이틀 전에 쓴 내용을 수가 읽었다.

—소원이 생겼다. 죽기 전에 꼭 이뤘으면 하는 소원이. 근데…… 어려울 거 같네. 오빠는 바쁘니까. 또 한국보다는 중국에서 활동을 하는 편이고. 그래서 말하지 않을 거야. 부담을 줘서 귀찮은 애로 인식되는 게 싫으니까.

"소원?"

반사적으로 말이 튀어나온 수가 쭉 일기장을 따라 읽었다.

막바지에 다다르자 앞서 소원이 다시 언급됐다. 수는 그걸 육성으로 따라 읽었다. 마치 그 위로 진서의 목소리가 겹쳐지는 듯했다.

"그래도 소원이니까, 나 혼자만 아는 소원이니까 빌어볼래. 나…… 수 오빠가 선 무대가 보고 싶어. 눈이 멀고, 귀가 들리지 않기 전에 꼭……."

Chapter 10

1

스카이 블루 한국지부.

꿀맛 같은 휴식을 보낸 수가 모처럼 박성인 지점장과 대면했다.

"건강은 많이 좋아지셨나요? 안색은 좋아 보이는데."

"네, 신경 써주신 덕분에요. 안 그래도 틈틈이 운동도 병행하고 있습니다."

수는 이제 독감의 여운 따위는 찾아볼 수 없을 만큼 건강을 되찾았다. 휴식도 한몫했고, 아파트 내에 주민들이 이용 가능한 헬스장이 따로 있어 운동을 통한 건강관리를 쉽게 할 수 있었던 덕도 컸다.

"따로 하실 말씀이 있으시다고?"

"네."

"먼저 하세요."

수가 차분하게 말을 이었다.

"국내에서 콘서트가 하고 싶습니다."

"허! 콘서트요?"

박성인 지점장이 꽤나 놀란 표정을 지었다.

'역시 무리인가?'

말을 꺼내긴 했지만 막상 박성인 지점장이 보인 반응에 난 감함을 지우지 못했다.

중화권에서 얻은 인기와 인지도와 달리 국내에서 수의 입 지는 아직 부족하다. 음원 차트의 반응이 좋았다곤 하나 범람 하는 신곡들 틈바구니에서 서서히 잊혀진 지 오래다. 그러다 보니 박성인 지점장이 난색을 표하는 것도 이해가 갔다.

"어려운 부탁인가요?"

"아뇨. 그게 아니라 좀 놀라워서요."

박성인 지점장이 탁자에 놓인 물을 마셨다.

"그 뭐냐…… 안 그래도 제가 수 씨한테 드릴 말이 있었는 데, 그게 콘서트 관련이었거든요."

"네?"

"전 돗자리라도 깔고 앉으신 줄 알았습니다. 하하."

"……."

수가 멍한 표정을 지었다.

설마 하니 먼저 박성인 지점장의 입을 통해서 콘서트라는 말이 나올 줄은 꿈에도 생각지 못한 까닭이다.

"수 씨, 게릴라 콘서트라고 들어보셨나요?"

"그거 본 기억이 나네요. 가수가 거리를 돌아다니면서 길거리 홍보를 하고 목표 인원수를 넘기면 공연을 하던 프로그램 맞죠?"

"어리셨을 때인데, 용케 기억하시네요."

게릴라 콘서트는 일요일 일요일 밤에의 코너 중 하나로 2000년대 초 꽤나 센세이션을 일으켰었다.

무작위로 찾아간 도시에서 딱 한 시간을 주고 길거리 홍보를 하는데, 만약 목표 인원을 넘기지 못하면 공연을 열지 못한다.

'꽤 잔인한 프로그램이었어.'

아직도 몇몇 가수가 목표 인원을 넘기지 못하고 눈물을 흘리던 모습이 생생하게 기억난다.

"다름이 아니라, 새롭게 부활한 게릴라 콘서트 외주 제작사 쪽에서 수 씨에게 섭외 요청이 왔습니다."

"저를요?"

"스케줄 조정을 해봐야 알겠지만 3회 차 출연 가수로 나와 주셨으면 어떨까 하더군요."

수는 생각할 필요도 없다는 듯이 대답했다.

"저 하고 싶습니다. 할 수 있게 해주세요."

"그래요? 안 그래도 본사에서 한국 활동이 너무 뜸하다는 말도 있었고, 어떤 식으로든 매체에 얼굴을 비출 필요가 있었 거든요. 진행을 해볼까요?"

"네, 부탁드릴게요."

수는 기왕이면 진서에게 제대로 된 콘서트를 보여주고 싶 었다.

당연히 완치가 되길 희망하지만, 만약 그러지 못할 경우 죽 어서도 고이 간직할 수 있는 추억을 선물해 주고 싶은 게 솔 직한 심정이다.

"아! 한 가지 더 드릴 말씀이 있습니다."

"말하세요."

"상해 소재의 한 대학교에서 강의 요청이 들어왔습니다."

"가, 강의요? 저한테?"

반문을 하면서도 당황한 수다.

엄밀히 따지면 수도 대학생이다. 그것도 썩 공부를 잘한 편 도 아니다. 그러다 보니 강의 요청이 더 얼떨떨할 수밖에 없 었다.

"요새 핫하시잖아요. 대학 초청강의라는 게 시류를 많이 중요시해서, 좀 부탁을 한다고 하더라고요."

"……."

"생각 있으세요?"

수가 잠시 고민을 하다가 말했다.

"강의라면 뭘 말해야 하죠? 제가 이런 게 처음이라 감이 안 잡히네요."

"어렵게 생각하지 마세요. 편안하게 수 씨가 중국에서 데뷔를 한 이후로 걸어온 걸 전해주시면 돼요. 그것만으로도 성공을 원하는 대학생들에겐 좋은 귀감이 될 거예요."

'내가 누군가의 귀감이 된다고?'

본인은 자각하지 못했지만 이미 수는 중화권 젊은 세대들 사이에서는 빼놓을 수 없는 대표 아이콘 중 하나로 자리매김을 했다.

데뷔와 동시에 신성처럼 등장하더니 악마의 편집의 희생영이 되어 폄한의 중심에 섰다. 하지만 그런 재기불능에 가까운 낭떠러지에 선 상황에서도 기자회견을 통해 진실을 밝혔다.

절정은 나도 가수다 무대다.

약속을 지켰다는 의미로 약지를 들어 보인 쇼맨십은 신미 그룹의 CF에서도 활용되며 신뢰, 믿음이란 이미지를 부각시켜 줬다. 급기야 그릇되고 부패한 기성세대에 맞서는 인상까지 주고 있었다.

"제가 듣기론 학생들이 학교 측에 특별강사로 수 씨를 추천한 걸로 압니다."

"⋯⋯!"

박성인 지점장의 한마디가 수의 마음을 움직였다. 그 말은 진정으로 수가 걸어온 발자취에서 듣고 싶은 말이 있다는 의미다.

수도 더는 고민하지 않았다.

"저라도 괜찮다면 얼마든지요."

"콜!"

학생에서 강사로 교단에 서게 됐다.

2

한국바둑리그 3라운드, 벽산건설 대 엠브롤라.

선봉으로 출전한 수와 맞붙은 상대는 프로 바둑기사 구윤회 3단이다.

단정한 머리에 안경이 더없이 잘 어울리는 20대 중반의 그는 뒤를 돌아보지 않는 뜨거운 기풍의 보유자였다. 투견이라 불리던 과거 원성진 4단의 맹렬한 바둑과 흡사한 면이 많았다.

'승부라면 피하지 않아.'

베스트 컨디션을 찾은 수의 수읽기는 그야말로 틈이 없었다.

구윤회 3단이 어떻게든 곤마를 공격하며 이득을 보려고 했지만, 어느 순간 생각지도 못한 허를 찔려 본인이 공격을 당하고 있었다.

정말이지 아차 하는 순간이었다.

"……졌습니다."

대마가 죽자 구윤회 3단이 패배를 선언했다.

불과 112수 불계패.

속기 바둑인 걸 감안하더라도 수상전에서 이렇게 허무하게 지는 대국은 프로의 레벨에선 흔치 않았다. 돌려 말하면, 그만큼 두 기사의 역량 차이가 컸다는 의미이기도 했다.

벽산건설 팀 대기실로 돌아오자 진인수 감독이 입이 마르도록 칭찬했다.

"한 번도 반항을 못하게 상대를 압살하더군. 자네 너무 강한 거 아닌가? 기력으로만 보자면 적수가 없을 정도야."

"아직 멀었습니다."

"사람 참 겸손하긴. 내 느낌이 틀리지 않다면 더 강해진 게 분명해."

"그런가요?"

수가 옅게 웃으며 반문했다.

건강을 회복한 이후 가수 쪽 일이 바빠 소홀하던 바둑 공부에 열중했다. 연구회도 빠짐없이 나가 최신 유행하는 정석이나 포석을 연구하고, 다른 대국의 기전들을 복기하며 정점에 선 기사들의 장점을 배우고자 애썼다.

'듣기 좀 민망하네. 다른 기사들은 최소 나보다 몇 배는 더 노력할 텐데.'

대다수의 프로 바둑기사는 하루의 12시간 이상을 바둑 공부에 할애한다. 그걸 감안하면 수가 노력한 시간은 말조차 꺼내기 부끄러울 수준이다.

"확실하네. 뭐랄까, 예전엔 상대에 맞춘단 느낌이 강했는데 이젠 그런 모습이 안 보여. 아예 찍어 누른다고 할까?"

"이제 좀 알았거든요."

"안다? 뭘?"

"제가 얼마나 강한지요."

장난스럽게 받아치곤 있지만 진심이다.

프로의 세계에 발을 들이며 나름대로 강하다는 건 인지하긴 했지만, 그 깊이가 어느 정도인지는 알지 못했다.

하지만 그 뒤 본격적으로 바둑 세계에 뛰어들어 세계 최정상급 기사인 천예오예 3단이나 조한성 9단, 원성진 4단과 두게 되면서 자신이 어느 위치에 있는지 확실히 자각을 하게 됐다.

'그래, 난 원래 강했던 거야.'

적을 알기 전에 우선 나를 알아야 한다. 수는 최근에서야 비로소 그 이치에 닿게 되었고, 이후로 더 거칠게 없어졌다.

"감독님, 저 먼저 내려가 볼게요. 아래층에서 인터뷰가 있어서."

"오늘 고생했네. 들어가 봐."

작별을 고한 수가 한국기원 건물 로비로 내려왔다.

각종 바둑 서적과 용품 등이 판매되는 그곳에 마련된 카페에는 이미 원성진 4단이 중국에서 온 바둑기자와 인터뷰를 진행 중이었다.

"어이! 여기야, 여기."

원성진 4단이 물 만난 고기마냥 반갑게 손을 흔들었다.

수가 볼을 긁적이며 다가가다 중국 기자와 눈이 마주쳤다. 오다가다 안면이 있던 만큼 가볍게 목례로 인사를 주고받았다. 지금의 인터뷰 주인공은 어디까지나 원성진 4단이니까.

"너무 과하게 반가워하시네. 남들이 보면 오해하겠어요."

"왜 이래, 우리 사이에. 실은 오면 부탁할 게 있어서 기다리고 있었어."

"부탁이요?"

원성진 4단이 옆에 앉아 있던 통역사를 째려보며 말했다.

"통역 좀 해줘요. 어째 눈치가 내 말을 중국 기자들한테 똑똑히 안 전하는 느낌이야."

"그건 또 무슨 얘기예요?"

"느낌이 그래. 뭔가 말을 바꾸는 거 같아."

한국기원 소속의 통역사가 들으라는 듯 대놓고 원성진 4단이 크게 얘기했다.

"다 들립니다."

"들으라고 한 얘긴데요?"

통역사가 두통에 미간을 잡곤 고개를 설레설레 저었다.

"몇 번이나 말해요. 말이 너무 세다고. 순화가 필요하다니까요?"

"그러니까 당사자인 내가 괜찮다고 하잖아요. 그게 나란 남자라고요."

"하! 말이 안 통하네. 마음대로 하세요."

결국 보다 못한 통역사가 인상을 팍 쓰더니 자리에서 일어나 가버렸다.

"여기 앉아요."

원성진 4단은 오히려 기다렸다는 듯이 통역사가 앉아 있던 의자에 수를 강제로 끌어 앉혔다.

영문을 모르는 중국 기자를 뒤로하고 원성진 4단이 거듭 강조했다.

"수 씨는 중국말 잘하니까 내 말 좀 똑똑히 전해줘요. 해줄 수 있죠?"

"네, 뭐…… 말씀하세요."

확답을 받고나자 원성진 4단이 만족스럽다는 표정을 지으며 손짓을 했다.

계속하란 의미로 받아들인 중국 기자가 질문을 던졌다.

"세계 최강의 기사는 누구라고 생각하나?"

한국어로 통역하자, 원성진 4단이 생각할 필요도 없이 대답했다.

"나."

"……."

"왜 쳐다봐요? 얼른 통역해요."

수가 볼을 붉적이며 통역을 하자 기자가 어처구니가 없다는 표정을 지었다.

"중국의 천예오예 3단은 어떻게 생각하나? 라이벌로 평가받고 있는데?"

"아, 천예오예는 빼줘요. 걔는 저한테 십 년은 이릅니다."

'이, 이걸 통역하라고?'

수의 볼이 실룩거리며 진짜 전하냐는 듯 쳐다봤다.

"왜 자꾸 날 본대? 토씨 하나 빼놓지 말고 통역해 줘요."

"……."

이걸 어찌해야 할지 난감함을 표하자 원성진 4단이 빨리 전하라며 째려봤다. 결국 떠밀리듯 수도 될 대로 되라는 식으로 전달을 해버렸다.

그러자 경악을 금치 못하는 중국 기자.

거만하다는 얘기는 들었지만 직접 저런 얘길 눈앞에서 들었으니 그 충격이 오죽할까.

"아! 굳이 뽑자면 한 명 있긴 하네요."

충격이 가시기도 전에 원성진 4단이 수의 어깨에 턱하니 팔을 얹으며 말했다.

"한국의 이수 초단. 내가 유일하게 라이벌로 인정한 남자예요."

"……!"

이 난감한 말을 수는 어떻게 전해야 할지 모르고 망설였다.

'좀 없을 때 칭찬하지, 나까지 악당으로 몰리는 기분이잖아.'

안 그래도 중국 기자의 표정이 심상치 않은 상황에서 덩달아 미움을 받을까 우려스러웠다.

"뭐해요, 말 안 전하고? 토씨 하나 틀리지 않게 똑같이 전해요."

어깨동무를 한 원성진 4단의 재촉에 수가 나지막이 한숨을 쉬며 통역했다.

"저만 유일한 라이벌로 인정한답니다."

"허!"

중국 기자가 끝내 어처구니가 없단 표정을 지었다. 본의 아니게 자화자찬을 늘어놓은 꼴에 수도 불편했다.

'쥐구멍에라도 숨고 싶은 심정이야.'

그나마 다행이라면 원성진 4단의 인터뷰가 막바지라 이런 자극적인 통역을 더 하지 않아도 된다는 점이다.

"끝났다는데요? 수고하셨대요."

"벌써? 나 아직 할 말 많은데."

아쉬움에 입맛을 다시는 원성진 4단을 뒤로하고 중국 기자가 수에게 말을 붙였다.

"오신 김에 바로 인터뷰 가능할까요?"

"그러죠."

원성진 4단이 휘적휘적 손을 흔들며 자리를 비켜주었다.

"잘하라고."

"들어가세요."

바통을 이어받은 수가 곧장 인터뷰로 넘어갔다. 연출되지 않은 자연스러운 사진 촬영과 질문에 수는 재치 있게 대답했다.

"겸업이요? 힘에 부치죠. 그래도 요샌 숨 돌릴 만해요. 나도 가수다 졸업 이후에 바둑에만 집중할 수 있게 되었거든요."

"대단하십니다. 그런 와중에 LIG배 세계 기왕전 본선에 진출하시다니."

"사람이 할 짓이 못 되는 거 같아요."

너스레까지 떨자 인터뷰 분위기는 화기애애했다.

중국 기자가 미리 뽑아온 질문 중 하나를 수에게 물었다.

"최근 일본의 신예 기사 준고가 화제입니다. 본선에서 맞붙을 수도 있는데, 그의 바둑에 대해서 어떻게 생각하고 있나요?"

"준고? 죄송한데, 누군지 모르겠네요. 제가 아직 일본 바둑까지는 확인을 못해서……."

"아하, 네."

살짝 당황한 듯 보였지만 중국 기자가 그러려니 하고 다음 질문을 던졌다.

"천예오예 3단이야 예전에 둔 적이 있으니 아시겠고, 현 중국 랭킹 1위인 장 즈량 9단의 바둑에 대해선 어떻게 생각하고 계시는지?"

"정말 죄송한데, 제가 그분을 잘 몰라서요. 최근 바둑은 이제 급하게 쫓아서 보는 중이라, 체크는 해뒀는데 제대로 보지를 못했네요."

"아…… 그, 그러시군요."

중국 기자가 일순 할 말을 잃고 말을 더듬었다.

모르는 걸 모른다고 하는 게 무슨 잘못인가?

근데 말이다.

'은근히 기분이 나쁘네.'

바둑의 종주국이라 자부하는 중국의 자존심이 그렇게 바닥에 떨어졌다.

3

진서의 병실.

수는 근래 들어서 바쁘더라도 이틀에서 나흘 걸러 한 번씩은 꼭 들르고 있었다.

일부러 찾아갔다는 인상을 주면 동정받는다고 느낄까 봐 근처에 연구회 모임이 있다고 둘러댔다.

다행이라면 진서가 큰 의심 없이 믿어주는 눈치다.

긴 시간을 함께하지 않아도 한두 시간 정도 같이 대화도 나누고 과일도 나눠 먹으며 얘기를 나눴다.

"정말? 중국에서 그런 일이 있었어?"

"일단 아프면 링거를 다섯 병씩 놓는데…… 그게 은근 무서운 거 있지?"

"대박."

수와 있을 때면 진서는 시환부 환자가 아니라 꽃다운 이십대의 여학생이 되었다.

그런 모습을 볼 때마다 수는 가슴이 짠했다.

진서의 몰골은 측은할 정도로 야위었다. 항암치료의 부작용으로 광대가 툭 튀어나올 정도로 비썩 말랐다. 머리는 다 빠졌고 얼굴은 핏기조차 없이 하얗게 떴다.

사람들은 기억할까?

불과 몇 달 전까지만 해도 진서의 인생에서 가장 아름다웠던 시절이 있었음을.

"그러고 보니 요새도 일기 쓰나 봐?"

"응? 아, 응. 부쩍 쓰고 싶은 얘기가 많아져서…… 나 이럴 줄 알았으면 국문학과 지원할 걸 그랬나 봐. 괜히 적성에도 안 맞는 복지학과 들어오지 말고."

"에이! 그랬으면 이 잘난 오빠를 못 만났을 텐데?"

"어, 그렇게 되나?"

진서가 옅게 웃었다.

"근데 국문학과는 왜? 글 쓰는 게 체질에 맞아?"

"응. 재미있어. 손에서 놓을 수가 없네."

"이열! 잘 어울리는데? 이러다 이거 작가 선생님 되는 거 아냐?"

"놀리지 마."

잠깐이었지만 대화를 나누는 이 시간 동안 진서의 얼굴에서 죽음에 대한 그림자가 지워졌다.

"놀리는 거 아닌데? 작가 선생님 하면 되지! 못할 게 뭐야?"

"그 정도로 잘 못 써. 기회가 되면 배워보고 싶어서 한 말이야."

"난 반대."

"응?"

수가 팔짱을 끼곤 말을 이었다.

"난 글은 써본 적은 없지만, 대신 가사를 쓰거든."

"그러네. 오빠야말로 대단하다."

"전혀. 너도 알겠지만 나도 전문적으로 음악을 배운 적이 없어. 근데도 가사를 쓰거든, 막."

"풉! 노하우 좀 알려줘. 아니면 진짜 막 써버려?"

수가 손가락을 탁 튕겼다.

"정답. 막 쓰면 돼. 그저 마음이 가는 대로…… 그 순간은 작사가가 되는 거야."

"뭐야, 그게."

수는 피식 웃었다.

"너도 마찬가지인걸? 펜을 드는 순간 넌 작가 선생님이야."

"그 말을 들으니 괜히 우쭐해지는데?"

수는 끊임없이 진서에게 자존감을 심어주고자 노력했다. 호스피스에게 있어 돌봄이란 단순히 육체적인 부분에 머물지 않는다. 그 수준을 떠나 영적인 돌봄도 크게 작용한다. 그런 의미에서 볼 때, 호스피스는 환자 스스로가 존재의 소중함을 깨닫고 느끼게 해줘야 할 필요성이 있다.

'그날이 오지 않길 바라지만…… 언제고 오게 된다면 네가 웃으며 갈 수 있으면 해.'

그때까지 수는 노력할 것이다.

가장 아름답던 진서의 미소를 기억하는 한 사람으로서, 떠나는 그 순간까지 그 미소를 지켜줄 거라고 결심했으니까.

4

푸동 대학교.

상해 인근에 위치한 이곳은 중국 대학 서열 10위 권 안에 들 정도로 명성이 자자한 곳이다. 특히 공대와 음대의 명성은 북경대와 견주어도 손색이 없을 만큼 뛰어나다고 정평이 나 있다.

그곳에 오늘 수가 오기로 했다.

삼십 분 뒤 강의가 진행될 공개홀엔 '리 쇼우가 전하는 소통의 기술'이라는 현수막이 떡하니 걸려 있었다.

"저기 봐!"

때마침 대학로를 가로질러 온 밴 한 대가 공개홀 앞에 멈춰

섰다.

곧 문이 열리고 리 쇼우가 내렸다.

"리 쇼우지? 맞지?"

"진짜잖아? 와, 실물이 훨씬 나은데?"

"팬이에요! 팬!"

최근 중화권을 뜨겁게 달구는 톱 가수.

폄한의 중심에 서서 언론의 몰매에도 불구하고 소신을 굽히지 않고 결백을 울부짖은 소신남.

수에게 붙는 수식어만큼의 인기를 증명하듯이 대학생들과 팬들이 겹겹이 수 주위를 에워쌌다. 사전에 경호원들을 배치해 놓지 않았다면 공개홀에 입장하는 것조차 쉽지 않았을 것이다.

"어서 안으로 이동하시죠."

리이펑 주임이 선두에 서서 길을 텄다.

수는 그 뒤를 졸졸 따라 따로 마련된 대기실에 도착하고 나서야 숨을 돌렸다.

"정신이 하나도 없네요. 아까 한 분은 공항에서도 뵌 거 같은데, 벌써 와계시더라고요."

푸동 공항에 도착한 그 순간부터 숨을 숨 돌릴 틈이 없었다. 인산인해를 이룬 팬들을 떨쳐내는 것도 큰일이었는데, 설마 하니 공항의 그 팬들이 수의 스케줄을 훤히 꿴 것도 모자라 지름길로 대학교에 먼저 도착해 있을 줄은 상상도 못했다.

'한국에선 모자만 쓰고 돌아다녀도 못 알아보는 분이 태반인데, 중국만 오면 이러네. 꼭 한류스타가 된 기분이 랄까?'

과분한 사랑이라는 생각도 들었지만, 그 기분이 싫진 않았다.

"이럴수록 더 긴장하셔야 합니다. 작은 흠이라도 나는 날엔, 달려들 이리 떼들이 넘쳐나니까요."

"네. 조심, 또 조심할게요."

"새겨들으셨으면 일어나시죠. 오 분 뒤에 강의가 시작될 예정입니다."

수는 물 한 모금으로 목을 축이기가 무섭게 대기실을 나섰다.

단상 뒤쪽에서 힐끔 보니 공개홀의 좌석에 대학생들이 빼곡하게 들어차 있었다. 그 뒤쪽으로 현수막이나 팸플릿을 든 일부 팬도 보인다.

"시간 됐습니다. 올라가세요."

커튼 뒤에서 대기 중이던 수가 무대에 모습을 드러냈다.

짝짝짝!

공개홀에 모인 이들이 박수 세례와 함성으로 수를 환영했다.

단상 가운데에 서자 수는 새삼 긴장이 되었다. 이보다 더 많은 팬들 앞에서 노래를 부른 적도 있지만 이번엔 생소한 강의라는 점이 부담되었다.

"안녕하세요, 가수 겸 프로 바둑기사 리 쇼우입니다. 만나게 뵙게 되어 영광입니다."

마이크에 대고 자신을 소개한 수가 고개를 젖히며 천장에 달린 현수막을 올려다보았다.

"소통의 기술이라, 보는 내내 참 거창하다는 생각이 들더라고요. 제가 소통을 한 것도 없는데, 뭘 저런 미사여구까지 덧붙여서 붙여두었나 싶기도 하고."

의외로 수는 청산유수처럼 말을 이어갔다. 이야기를 풀어나가자 덩달아 긴장도 싹 풀려갔다.

"가벼운 질문으로 얘기를 시작해 볼게요. 바람피운 아빠가 1억 위안이란 재산이 있습니다. 그리고 엄마와 이혼을 하게 됩니다. 여러분이 그 자식이라면 아빠와 엄마 중 누굴 따라가시겠습니까?"

"아빠!"

"곧 죽어도 아빠죠."

현실적으로 대다수의 대학생이 아빠를 선택했다.

도의적으로 책임은 있지만 현대사회에서 1억 위안, 한국 돈으로 179억이란 돈의 상속을 포기할 수 있는 자식은 많지 않다.

수가 앞줄에 앉은 단발머리 여대생을 지목했다.

"엄마를 지목한다고요?"

"네, 엄마가 너무 딱해요."

수는 연이어 질문을 던지며 흔들었다.

"아빠가 원하는 걸 다 해주는데요?"

"그래도……."

"건물도 지어주는데요? 브루마블처럼. 커피숍도 차려줄 수 있어요. 랜드마크처럼. 그래도 엄마를 선택하실 건가요?"

연이은 추궁에 머뭇거리던 여대생이 고심 끝에 중립안을 내놓았다.

"아빠한테 갔다가, 상속받아서 엄마한테 가면 안 될까요?"

"여러분, 뭐하십니까? 정답이 나왔는데, 박수 안 치시고."

수가 큰 모션으로 박수를 치자, 대학생들이 대소를 터뜨리며 환호했다.

막 달아오른 분위기 속에서 수는 미소를 머금으며 말을 이어나갔다.

"여기 계신 분 중 상당수가 같은 생각을 하셨을 겁니다. 좀 계산적이고 비열해 보이지만 현명하다고. 제 말이 맞습니까?"

"네."

"아뇨, 틀렸습니다. 누군가를 선택하기 이전에 우린 아빠와 엄마의 자식입니다."

"……!"

자식이란 말에 허를 찔린 듯 대학생들의 말문이 턱 막혔다.

"소통은 그런 겁니다. 머리가 아닌, 가슴으로 전하는 진심."

소통의 정의를 내리며 수는 과거의 예를 들었다.

과거 한국의 한 오디션 프로그램에 출연할 당시에 자진 사퇴를 선택했었던 일부터 악마의 편집으로 인해 언론과 대중의 뭇매를 맞았던 사실을 들며 진심의 소통의 중요성을 토로했다.

공개홀에 모인 대학생들은 내내 수의 말에 빨려 들어갔다.

시간이 가는 줄도 모른 채 집중을 한 까닭에 강의 시간이 끝나가는 것조차 자각하지 못했다.

"지루한 제 얘기를 참고 들어주셔서 감사합니다. 오늘 제가 이 자리에 서 있지만, 내일은 제가 저 자리에 앉겠습니다. 전 여러분과 같은 24살의 평범한 대학생이니까요."

막바지에 다다르자 여기저기서 아쉬움 가득한 탄성이 터져 나왔다.

"어떤 위기가 닥쳐도, 여러분께선 진짜 나를 잃지 않기를 바라봅니다. 제 얘기는 여기까지입니다. 감사합니다."

Chapter 11

1

KJY프로덕션.

과거 선풍적인 인기를 끌었던 게릴라 콘서트의 새 시즌 제작을 맡은 제작사다.

구두로 출연을 확정 지은 수와 박성인 지점장은 향후 일정과 프로그램 출연에 관한 조율을 하고자 미팅을 가졌다.

"연출을 맡은 김재영이라고 합니다. 이쪽은 작가 신아영 씨."

"이수입니다. 만나 뵙게 되어 반갑습니다."

간략한 소개를 마친 네 사람은 테이블을 사이에 두고 마주 앉았다.

"우선 긍정적으로 출연을 검토해 주셔서 감사합니다. 최근 중국에서 가장 핫한 한류스타고 국내 활동이 뜸하셔서 솔직히 섭외에 응해주실지 몰랐거든요."

중화권에서 수의 인기는 한국에서도 꽤나 화제다.

이제까지 드라마나 영화를 통한 한류의 콘텐츠의 일환으로 배우들이 대박을 터뜨리는 경우는 종종 있었다.

그러나 가수가 맨몸으로 진출해서 음원사이트를 석권하고 폭발적인 인기를 얻은 일은 아마 수가 유일할 것이다.

"하하, 별말씀을요. 게릴라 콘서트 자체가 과거에 워낙 유명한 프로그램이었고, 가수 측에서도 꼭 나가고 싶다고 해서요. 그냥 넘어갈 수가 없었었습니다."

"수 씨가요?"

메인 작가 신아영이 끼어들어 반문을 했다.

수를 향한 눈길 속에는 의외라는 감정 외에 묘한 호감이 실려 있었다.

방송작가의 특성상 국내외를 막론하고 많은 콘텐츠를 보고 분석한다.

일종의 직업병이다.

현 트렌드를 읽고 빠르게 파악해야지만 더 앞서가는 아이디어를 낼 수 있기 때문이다. 그러다 보니 그녀는 중화권에서 수와 관련된 소식이나 동영상도 빼놓지 않고 보게 되었다.

'가까이서 보니 속눈썹이 더 기네. 유약해 보이는데, 기자 회견장에서 보여준 깡은 어디서 나온 걸까? 일종의 반전 매력이라거나?'

수가 스윽 고개를 돌려 눈을 맞췄다.

쿵!

그저 시선을 맞췄을 뿐인데, 신아영은 아이가 된 것 같은 설렘을 느꼈다.

"저도 가수고 제 이름을 단 콘서트가 하고 싶었습니다. 다만, 사정상 쉽지 않은 상황이었기에 이번 제의에 끌렸습니다. 게릴라 콘서트, 어렸을 때 누구나 보며 그 주인공이 되길 기대했던 프로그램이잖아요?"

"그죠! 저희도 수 씨가 출연을 해준다고 해주셔서 감사할 뿐이에요!"

신아영이 감정을 숨기지 못하고 그저 좋아했다. 그러자 김재영PD가 적당히 하라고 눈치를 줬다.

"근데 이수 씨, 한 가지 궁금한 점이 있습니다."

"말씀하세요."

"출연 조건 중에 꼭 수도권이어야 출연이 가능하다고 하셨는데, 따로 이유가 있으신 건가요?"

잠시 대답을 망설이던 수가 어렵사리 입을 열었다.

"실은 친한 후배가 시한부 선고를 받았습니다. 올 여름을 넘기기 힘든 상황이죠."

"헉! 시한부요? 수 씨보다 후배면 한참 어릴 나이인데……."

"제 콘서트에 오는 게 소원이라더군요."

"……!"

"건강이 많이 안 좋습니다. 아무래도 근처여야 그나마 좀 운신이 자유로운 편입니다."

수가 쓰게 웃었다.

진서를 떠올리는 것만으로도 가슴 한구석을 후벼 파는 듯이 아팠다.

"그래서 그러셨구나. 딱해라."

말은 안타까워하는데, 수를 바라보는 눈빛은 그저 황홀하다.

'어쩌면 저리 인간적일까? 어깨에 바람만 든 아이돌 하곤 급이 다르다니까, 진짜. 이러니 여자들이 반해 안 반해?'

잠자코 그 얘기를 듣고 있던 김재영PD가 턱을 매만지며 말했다.

"꽤 진정성이 느껴지는 얘기네요. 그래서 그런데요, 이수 씨. 혹시……."

"안 됩니다."

"네?"

"죄송하지만, 후배가 방송에 출연하는 걸 원치 않을 것 같습니다."

"……!"

말을 꺼내기도 전에 수가 딱 잘랐다.

여자는 미모에 민감한 동물이다. 암세포에 갉아 먹히고 항암 치료에 너덜너덜해진 모습을 보이기는 죽기보다 싫을 것이다.

오죽했으면 수를 제외하면 그 많던 친구 중 누구도 병원에 오지 못하게 했을까?

'나라도 그랬을 거야. 내가 진서라면 지금의 망가진 모습을 누구에게도 보이고 싶지 않을 거야.'

엉겁결에 말도 꺼내지 못하고 거절당한 김재영PD의 표정이 좋지 않았다.

"그래도 이게 방송에 나가면……."

"죄송합니다."

"……."

수의 단호함에 김재영PD는 입술만 움찔할 뿐 더 말을 꺼내지도 못했다. 괜히 더 설득을 하려고 들다가 출연을 고사하면 득보다 더 실이 크다.

'말하는 본새 보소. 지가 갑이야? 중화권에서 좀 나간다더니, 지가 한국에서도 아주 톱스타인 줄 아네.'

기분이 상한 김재영PD가 뼈있는 말을 던졌다.

"그러시다면 제가 양보해야죠. 그전에 목표 인원에 도달해야만 콘서트가 속행된다는 전제가 붙겠죠?"

"에이, 이수 씨잖아요. 목표 인원 5천 정도는 무조건 돌파할걸요?"

"누가 5천이래?"

"그러면요?"

신아영 작가가 눈을 동그랗게 떴다.

목표 인원 5천 명은 결코 적은 숫자가 아니다. 과거 출연 가수 중에서도 이 목표 인원을 넘지 못해 콘서트가 불발이 된 경우도 적지 않다.

김재영PD는 영업용 미소를 머금고 말을 이어갔다.

"1, 2회 녹화를 해보니까, 예전과 좀 많이 다르더라고요. 시대가 변했다고 할까? 스마트폰 메신저니 소셜 네트워킹을 통해서 홍보가 되는 게 한순간이더라고요."

"그야 그렇지만……."

"정확한 목표 인원은 녹화일 가야 공지해 드리겠지만, 아무래도 좀 높여서 가려고요."

2000년대 초반까지만 하더라도 휴대전화보다 삐삐를 더 일반적으로 사용할 때다. 소셜 네트워킹이 구축되지 않았다 보니 입소문이나 전화로 홍보되는 게 다였다.

현재와 비교하면 그 파급력의 차이가 어마어마한 만큼 목표 인원에도 감안을 해야 한단 의미다.

"좋으실 대로 하세요."

"아! 한 가지 더 고지해 드릴 게 있는데, 사전 홍보는 절대적으로 금합니다. 팬클럽을 통한 스케줄 공시도 안 됩니다. 요새 시청자들 리얼이 몸에 배서 사전에 이런 설이 돌면 난리 나거든요."

"무슨 말씀인지 알겠습니다. 그렇게 하죠."

"혹시 요구 사항이 있으십니까?"

"야외무대이다 보니 음향 시설에 대해 좀 신경을 쓰고 싶습니다."

수도 적극적으로 의견을 개진했고 김재영PD도 최대한 수용할 부분은 받아들이고자 노력했다.

세부적인 조율을 맞춰감에 따라 합의점이 어렵지 않게 도출됐다.

"이쯤 하면 된 거 같습니다. 사인하죠."

수와 박성인 지점이 출연 계약서에 서명을 했다.

출연을 확정 짓고 나자 네 사람 다 홀가분한 표정으로 번갈아 악수를 주고받았다.

"하면 저흰 이만 가겠습니다. 녹화날 뵙겠습니다."

"수고하세요."

두 사람이 떠나고 회의실에 남은 신아영 작가가 아쉬운 표정을 지었다.

"아! 보기만 해도 날 설레게 하는 그 사람이 가네요."

"헛소리 좀 그만해."

"아차. 선배 아까 목표 인원수 상향 조절이요, 그거 진짜 할 생각이에요?"

"하지. 그럼 안 해?"

신아영 작가가 걱정스럽게 말을 이었다.

"난 좀 반대라서. 선배도 알겠지만 이수 씨가 중국이면 모를까, 국내 인지도가 썩 높지 않아요. 5천 명 이상은 어려울 거예요."

"그지?"

"그럼요. 그냥 5천 명만 가요. 또 시한부 얘기도 딱하잖아요."

김재영PD가 의미심장하게 씨익 웃었다.

"그러니까 목표 인원을 더 높여서 가야지."

"그게 무슨……."

"1, 2화 쉽게 갔잖아? 이쯤에서 슬슬 실패가 나와줘야 드라마가 생기지 않겠어?"

"……!"

연출은 조작.

방송은 감동.

리얼리티를 강조할수록 더 극적인 시나리오가 필요한 걸 김재영PD는 오랜 경험을 통해 알고 있었다.

2

"진짜? 콘서트를 한다고요?"

며칠 사이에 더 야윈 진서의 아미가 번쩍 올라갔다. 이전 같으면 너무도 귀여웠을 표정이지만, 살이 쭉 빠진 몰골은 안타까운 마음만 더 자아냈다.

"웅, 너한테만 알려주는 거야. 이거 비밀인데, 아무한테도 말하면 안 돼. 알았지?"

"나 말할 데도 없어요."

"그래도 말하지 마. 언제냐면……."

속삭거리는 말로 일정을 전해주자 진서가 환하게 웃었다.

"헤헤, 꼭 갈게요."

"그러려면 좀 건강해져야 될 텐데, 괜찮겠어?"

"나으면 되죠!"

꼭 오고야 말겠단 의지를 불태우는 진서를 보자 덩달아 수도 기운이 났다.

"그러면 내가 특별히 팬서비스를 해줘야겠네요."

"뭐요? 괜히 기대되네."

"기대는 무슨…… 밴 보내줄게."

"배, 밴이요?"

진서가 깜짝 놀랐다. 동시에 눈에 기대감이 피어올랐다.

연예인 자동차, 굴러다니는 호텔로 불리는 밴에 탑승한다는 상상만으로도 소녀 감성의 진서는 들뜨지 않을 수 없었다.

"그러니까 그때까지 아프지 말자. 알았지?"

"그럴게. 약속."

아이들처럼 새끼손가락까지 걸고 나서야 수가 안심한 듯 병실을 떠났다.

잠시 자리를 피해줬던 엄마가 들어오자 진서가 말했다.

"엄마, 나 밥 줘."

"지금 뭐라고 했니? 밥?"

엄마가 귀를 의심했다. 항암치료의 후유증으로 최근에는 과일 몇 조각을 빼곤 밥은 입에 대지도 않았던 터였기에 더욱 그랬다.

"……살 거야. 그때까지 안 아프게 버티고 싶어. 그러려면 밥 먹어야 하잖아?"

"진서야."

"어서 밥 줘. 나 배고파."

배가 고플 리가 없다. 그저 조금이라도 건강한 모습으로 수의 콘서트에 가고 싶은 마음에 억지로 밥알을 입안에 욱여넣을 뿐이다.

3

게릴라 콘서트 녹화날.

당일 아침이 되어서야 제작진에게서 공연 장소 통보가 왔다. 서울 시민이라면 한 번쯤은 다 가봤을 법한 보라매공원이다.

정문에 들어서면 보이는 성무대(星武臺)를 지나치면 축구장 몇 개를 합쳐 놓은 듯한 크기의 잔디 구장이 확 펼쳐진다. 이 잔디 구장에 세워지고 있는 무대가 차후 관객 모집 결과 여부에 따라서 수가 설지 말지가 결정될 장소다.

끼이익.

그 무대 바로 옆에 정차한 밴에서 수가 내렸다.

사전에 숍에 들러 모든 메이크업과 스타일을 끝낸 터라 당장 무대에 오르더라도 하등 이상할 게 없을 만큼 세련됐다.

"바람이 너무 차네. 칼바람이잖아?"

차문 밖에 선 지 몇 초 지나지 않았는데도 수는 어깨를 움츠렸다. 칼바람이 옷깃 사이를 파고들자 몸을 흠칫 떨며 코트를 여몄다.

최근 겨울 날씨치고 꽤 따뜻한 편이었는데, 오늘따라 유독 추웠다.

"이거 너무 추운데요? 이러다 사람이 오려나 모르겠

네……."

수도 동의한다는 듯이 끄덕였다.

날씨는 최악이다.

하늘도 흐리다. 기상청에선 별말이 없었지만 당장 눈이 쏟아지더라도 하등 이상할 게 없을 만큼 우중충하다.

이런 날씨라면 야외 공연을 보고 싶은 생각이 싹 가실 것 같다. 따뜻한 아랫목에 몸을 눕히고 쉬고 싶단 생각이 더 간절하다.

"하필 오늘 날씨가 안 도와주네. 조금만 더 따뜻했으면 좋았을 뻔했는데."

수는 하늘을 원망했다. 목표 인원을 채우는 게 쉽지 않기도 했지만, 가장 신경이 쓰이는 건 진서다.

진서는 오늘이 오길 눈이 빠져라 기다렸다. 넘어가지도 않는 밥을 토하는 한이 있더라도 억지로 욱여넣어서 씹었다는 얘길 접했을 땐 억장이 무너지는 듯했다.

안 그래도 아픈 애를 찬바람 맞혀가며 야외 공연을 보게 하는 것부터가 마음에 걸렸다. 혹여 병이 덧날까 우려스러웠다.

'정 안 되면 난로라도 구해달라고 해야지. 최악의 경우엔 좀 떨어지더라도 밴에서 보게 하거나.'

수는 할 수 있는 선에서 최선을 다할 참이다.

"어? 언제 오셨어요?"

신아영 작가가 제일 먼저 나와서 수를 맞이했다.

"지금 막 왔습니다."

"그러시구나. 저쪽 대기 막사로 가셔서 몸이라도 녹이고 계세요. 유민수 씨랑 지아 씨도 이미 와계시니까 인사라도 나누시고요."

"그래요?"

나중에야 안 사실이지만 시즌2에 새롭게 단장한 게릴라 콘서트는 2MC체제로 진행이 된다고 한다.

한때 국민MC로 불렸지만 최근 들어 조금 주춤한 모습을 보이는 개그맨 유민수와 탑 아이돌 국보소녀의 보배이자 대한민국의 국민 며느리 지아가 동시 진행을 맡는다.

'지아 씨는 나 쓰러졌을 때 병문안도 왔었는데, 고맙단 말도 아직 못 했네.'

한동안 지아는 수에게 지겨우리만치 잦은 연락을 해왔다. 하지만 한국과 중국을 오가며 눈코 뜰 새 없이 바빴던 수는 일반적인 안부 문자 정도로 여기며 답장조차 하지 않았다.

거기까진 좋았다.

그런데 병문안을 다녀갔다는 얘길 뒤늦게 접하는 바람에 후에 고맙단 말을 할 타이밍을 놓쳤다. 그 까닭에 지금은 꽤 어색한 사이가 되고 말았다.

"안녕하세요."

천막 안에 들어서자 훈훈한 온기가 가장 먼저 수를 반겼다.

"어? 오빠 왔어요?"

모든 오빠의 로망이나 다름없는 국보소녀의 지아가 친근하게 오빠라는 호칭을 쓰며 수를 반갑게 맞이해 줬다.

마음에 걸리는 게 있는 수가 먼저 말을 꺼냈다.

"잘 지냈어요? 그때 병문안 왔단 얘긴 들었는데, 이제야 고맙단 말을 하네요."

"이제 와서요?"

"좀 늦었죠?"

"좀이 아니라 많이거든요? 농담이고 신경 쓰지 마요. 바쁜 거 뻔히 아는데, 그거 이해 못 해주겠어요?"

지아가 아무렇지 않게 히죽 웃었다.

수는 본능적으로 그녀가 자신을 대하는 것에 있어서 이전과 다른 태도라는 느낌을 받았다. 예전엔 노골적으로 유혹한다는 느낌이었다면, 지금은 딱 선을 긋고 그 이상의 감정으로는 다가오지 않는 느낌이랄까.

'나야 이편이 더 낫지.'

막 메이크업을 마친 유상민이 서글서글한 인상으로 수에게 다가왔다. 그러더니 깍듯하게 허리를 굽히며 인사했다.

"인사가 늦어서 죄송합니다. 개그맨 유상민입니다."

"저야말로 반갑습니다. 이수입니다."

수는 새삼 감회가 새로웠다.

불과 작년까지만 해도 주말 예능에서 망가지는 모습으로 큰 웃음 큰 재미를 주던 유상민과 나란히 앉아 인사를 주고받다니. 지금도 꿈을 꾸는 것처럼 얼떨떨했다.

유상민은 특유한 언변으로 살얼음처럼 어색하던 관계를 녹였다.

"이수 씨는 실물이 더 잘생겼는데요? 이러다가 오늘 목표 인원 전부 여성 팬들로 채우시는 거 아니에요?"

"끙! 그럴 린 없겠지만, 남자보단 낫겠죠?"

대화를 나누며 서먹함이 좀 가실 즈음에 맞춰서 FD가 천막 안으로 들어왔다.

"5분 뒤에 스탠바이합니다. 다들 무대에서 대기해 주세요!"

말의 여운이 사라지기도 전에 세 사람은 최종적으로 자신을 점검했다. 녹화에 들어가면 따로 시간을 내서 자신을 점검할 시간을 빼기 어려운 걸 경험으로 아는 까닭이다.

가장 먼저 유상민이 천막을 나갔다.

그 뒤를 따라 수가 막 밖으로 나설 때였다.

"오빠, 잠시만요."

"네?"

수가 돌아보자 지아가 목을 가리켰다.

"목도리 안 하셨어요?"

"목도리요?"

반문을 한 수가 이내 고개를 끄덕였다. 하지 않았다는 의사 표현이다.

"하! 어쩌려고 그래요? 녹화 들어가면 하루 종일 야외에 있어야 하는데, 그러다 목 나가요. 나 참, 콘서트를 어떻게 하려고 그런대."

"어? 그걸 생각 못 했네요."

수는 아차 싶었다.

모를 수밖에 없는 게 수에겐 게릴라 콘서트가 첫 예능 프로그램 출연이다. 거기다가 야외에서 이루어지는 촬영이다 보니, 그러한 맹점을 인지하지 못하는 게 당연했다.

"그러다 또 아프시려고…… 거기 가만히 서 있어봐요."

지아가 잠시 스타일대로 정리된 행거를 뒤적거리더니 목도리 하나를 꺼냈다.

수 앞까지 종종 걸음으로 다가오더니 뭐라 말할 틈도 없이 목에 감아주었다.

"지금 그나마 오빠 옷 스타일에 어울리는 게 이거밖에 없네요. 이거라도 해요. 안 하는 것보다는 백배 나을 거예요."

"지아 씨, 전……."

수가 뭐라 말하려고 하자 지아가 고개를 저었다.

"아, 안 들려. 안 들려."

"······."

"저 마음 다 정리했거든요? 그러니까 쉿! 받아주지도 않는 남자한테 내가 뭐가 아쉬워서 목매겠어요. 오빠도 그렇게 생각하지 않아요?"

"그, 그렇죠."

지아는 해맑게 웃었다. 그 미소는 무안함을 감추고 마음을 숨기기 위한 가면이었다.

"그러니까 좋은 오빠 동생 해요. 그건 가능하죠?"

"그래요."

"인생 기니까요. 살다 보면 이혼할 수도 있고. 참고 인내하다 보면 오빠 동생이 여보, 자기 될 수도 있는 거잖아요?"

소름 끼치는 악담에 수가 할 말을 잃었다.

"······."

"농담이에요, 농담. 하여간, 매사가 진지하다니까. 흥!"

지아는 장난스럽게 토라지더니 종종 걸음으로 천막을 나가 버렸다.

"어색한 거 질색인데, 이쯤에서 그쳐서 다행이네."

그런 뒷모습을 보던 수의 입가에도 작은 미소가 걸렸다.

따지고 보면 대한민국 최고 아이돌 국보소녀 지아와 편한 오빠 동생 사이가 된 셈이 아닌가? 로망이라면 나름 로망을 이룬 거니 수로서는 싫어할 이유가 하등 없었다.

그러나 앞서 뒤를 돌아보지 않고 공연장으로 향하는 지아의 표정엔 쓸쓸함이 서려 있었다.

"바보. 남녀 사이에 오빠 동생이 어떻게 돼?"

4

"아, 아파…… 아파! 아프다고!'

병실, 진서의 고통에 찬 울부짖음이 끊이질 않았다.

조금 전에 마약성 진통제를 투여받았음에도 불구하고 암세포에 잠식당한 몸뚱이는 통증을 버텨내기 버거워했다.

"조금만, 조금만 참자. 버텨내자, 진서야."

진서 엄마는 딸의 손을 꼬옥 움켜잡았다. 자신의 간절한 마음이 체온으로나마 전해져 조금이라도 통증이 가시길 기도하고 또 빌었다.

"나…… 가야 돼. 콘서트 갈 거라고."

수는 약속을 지켰다. 시간에 맞춰서 매니저 승원이 운전하는 밴이 진서를 태우러 온다고 했다.

이제 남은 건 그녀가 약속을 지키는 것뿐이다.

"어, 엄마. 옷."

"지, 진서야……."

"옷 줘. 어서."

"......."

엄마는 목이 메어 아무런 말도 하지 못했다. 가슴이 먹먹하다 못해 찢어질 거 같았다.

수의 콘서트를 가고 싶다는 일념 하나만으로 진서는 이를 악물었다. 억지로 밥알을 쑤셔 넣고 조금이나마 건강을 찾고자 노력했다.

그러나 말짱 헛짓이 되고 말았다.

이틀 전부터인가, 진서의 병세가 급격히 악화됐다.

사람이 살고자 하면 솟아날 구멍이라도 있다는 말도 남들 얘기에 불과했다.

의사는 말했다.

이제 보내줄 준비를 하라고.

마음의 준비를 하라는 말을 나지막이 전달했다.

엄마는 악을 쓰고 따졌다. 아직 반년이나 남았는데, 그게 무슨 소리냐며 덤볐다. 의사는 고개를 저으며 암세포 전이가 너무 빨라 건잡을 수 없다고 말하며 돌아섰다.

엄마는 하늘이 무너지는 절망감을 느꼈다. 독기가 서린 눈엔 하늘을 향한 원망이 그득했다.

'진짜 해도 해도 너무해요. 이 애를 먼저 데려가는 것도 모자라서, 마지막 소원조차 이리 산산조각 내나요. 너무 잔인한 처사 아닙니까?'

진서는 통증에 부들부들 떨리는 손으로 목 티를 겨우 집었다. 겨우 팔을 밀어 넣는데 피부에 옷이 닿자 불로 짓이기는 듯한 통증이 전해졌다.

"아악!"

"지, 진서야!"

진서가 몸을 굼벵이처럼 말았다. 통증을 버티지 못할 때면 늘 하던 행동이다.

"오늘은 무리야. 다음에 가자? 이런 몸 상태로는 못 가. 그러니까……"

"하아하아, 갈 거야. 갈 거라고."

말은 끝까지 이어지지 못했다.

진서의 고개와 손에서 힘이 쭉 빠져나가며 떨어졌다. 통증을 이겨내지 못하고 의식을 잃은 것이다.

다급해진 엄마가 진서를 목 놓아 불렀지만 대답이 없다.

"진서야! 진서야! 정신 차려!"

"……"

"선생님! 내 딸 죽어요, 죽는다고요!"

진서의 생명이 꺼져가고 있었다.

Chapter 12

1

추억은 향수를 불러일으킨다.

리얼이 대세가 된 예능의 트렌드지만, 두 MC의 고전적인 게릴라 콘서트 주인공 소개는 왠지 모를 익숙함을 주었다.

"소개합니다, 중화권을 강타한 초대형 한류스타 이수 씨입니다."

유민수의 손짓에 맞춰 무대 옆에서 대기 중이던 수가 꾸벅 인사를 하며 걸어 나와서 섰다.

"안녕하세요, 가수 이수입니다."

짧은 소개를 끝으로 본격적인 담화에 들어갔다.

그간의 안부나 각오 등을 묻는 것이었는데 중간중간 지아와 유민수가 재치 넘치는 발언으로 웃음을 주기 위해 노력했다.

"오늘 도전에 임하는 각오가 어떠신지?"

"가수는 노래로 말하는 법이죠."

"호오!"

"여러분의 어려운 시간을 빼앗는 일인 만큼, 후회되지 않는 시간으로 되돌려 드릴까 합니다."

"역시! 중화권을 발칵 뒤집어놓은 스타다운 선언인데요? 이거 기대됩니다."

옆에서 흐름을 보고 있던 지아가 타이밍에 맞춰 끼어들었다.

"그러면 이제 목표 인원을 확인해 볼까요?"

"자, 보여주세요!"

유민수의 외침과 무대 뒤쪽에 달려 있는 아날로그식 전자 계기판을 가리켰다.

외형은 더 세련되어졌지만, 과거부터 게릴라 콘서트의 상징적인 장치나 다름없는 카운트다운 계기판만큼은 고유의 옛 느낌을 계승했다.

띠리리리리!

오락가락 변해가던 숫자가 긴장감을 조성하다가 딱 멈췄다.

"7천 명! 무려 7천 명입니다!"

유민수가 다시 정면의 카메라를 향해 돌아보며 박수를 쳤다. 그에 반해 지아는 어딘지 모르게 불편한 표정을 짓고 있었다.

'저번 주에 출연한 아이돌 시즈타도 6,100명밖에 안 되었어. 근데 수 오빠가 7천 명? 장난해? 이건 콘서트를 하지 말란 소리나 다름없잖아!'

지아가 목구멍에 걸려 차마 나오지 못하는 말을 뒤로하고 김재영PD를 노려봤다.

장소가 서울 근교라곤 하지만 이건 너무도 높은 수치다. 하물며 중국이면 모를까, 한국에서 수의 인지도는 대중들에게 생각만큼 높지 않았다.

"규정을 알려 드리겠습니다. 스타의 홍보 시간은 딱 한 시간이 주어집니다. 이동 시간은 제외! 단, 이동 중에 홍보를 할 경우 시간에서 차감합니다."

수는 고개를 끄덕였다.

이 점에 대해서 사전에 고지를 받았던 까닭이다.

'참 방송이란 게 보는 것과 다르다니까. 어렸을 때만 해도 무조건 시간 안에 홍보를 끝내야 되는 줄 알았는데.'

방송과 현실의 차이다.

우린 결과만 보지만 그 과정에 우리가 모르는 점이 많다.

홍보 시간도 마찬가지다.

앞서 언급했다시피 홍보 시간의 기준은 순수하게 수가 마이크를 쥐거나 대중과 접촉한 시간을 기준으로 계산된다.

즉, 홍대에서 홍보를 하다가 강남으로 넘어가게 될 경우 이동에 소요된 시간은 홍보 시간에서 제외하게 된다. 홍보용 차량에 부착된 아날로그시계가 멈추는 것이다.

'그보다 목표 인원이 신경 쓰이네. 7천 명이라니, 이전 방송을 감안하면 쉽지 않은 숫자야.'

신경이 쓰이긴 했지만 이제 와서 물릴 수는 없다. 또 오늘만큼은 수단과 방법을 가리지 말고 꼭 목표 인원을 달성해야 한다.

진서를 위해서라도.

유민수가 다음 규칙에 대해서 설명했다.

"마지막으로 콘서트 시작 시간인 여섯 시 전까지 입장한 관객들에 한해서 목표 인원으로 인정해 드린다는 점을 알려 드리겠습니다."

"설명은 이제 끝났나요?"

"네? 뭐, 다 끝난 셈이죠."

"한 분이라도 더 초대하려면 서둘러야겠네요. 저 먼저 갑니다."

"어? 어! 같이 가요!"

앞서 뛰어가는 수를 허둥지둥 두 MC가 쫓았다.

밖에 마련되어 있는 홍보 차량에 타기 무섭게 수가 목적지를 얘기했다.

"명동으로 가주세요!"

게릴라 콘서트의 주요 홍보 장소는 어느 정도 검증이 되어 있다. 홍대, 압구정, 강남, 코엑스 등 주로 많은 인파가 모이는 곳이다. 그중에서 수는 명동을 가장 중요한 첫 번째 홍보지로 선택했다.

그 이유가 궁금한지 유민수가 물었다.

"왜 하필 하고 많은 곳 중에서 명동으로 고르신 거예요?"

"제 홈그라운드가 어디죠?"

"그야 당연히…… 중국이지 않을까요?"

수는 한국 가수지만 주로 중국에서 활동한다. 그런 까닭에 국내의 인지도보다 오히려 중화권에서 인지도나 인기가 더 높다.

수가 맞다는 듯 웃어 보였다.

"따지고 보면 전 원정 온 셈인데, 원정지에서 그나마 절 아시는 분들을 공략해야죠."

"그 말씀은 곧……"

"중국 관광객들이요. 요새 명동은 그분들로 발 디딜 곳도 없잖아요."

"……!"

목표 인원이 생각보다 많긴 했지만 그 나름대로 수도 머리를 썼다.

작년을 기준으로 한국을 찾은 중국인 관광객 수는 무려 566만 명이 넘는다고 한다. 엔화 가치 하락으로 인해 발길이 뜸해진 일본 관광객을 대신해 명동을 가득 채운 중국 관광객들을 콘서트장으로 불러올 수만 있다면 충분히 승산이 있다고 생각했다.

'나라고 노림수 하나 없었을 거 같아?'

수도 자신만만했다.

7천 명이란 목표 인원은 과거 사례로 볼 때 적지 않은 숫자다.

하지만 수는 최근 중화권내 인지도로 치면 어떤 한류스타보다도 뜨거운 남자다.

지이잉!

명동 주변에 도착하자 차 뚜껑이 오픈됐다. 선거 홍보 차량으로 많이 쓰는 로드러너로 길거리 행인들을 대상으로 단상에 서서 자유로운 PR이 가능한 구조다.

"그러면 홍보 시작합니다!"

유민수의 외침에 멈춰 있던 타이머의 시간이 가기 시작했다.

00:59:51.

시간은 곧 사람 수라는 개념으로 수도 마이크를 잡고 홍보에 열을 올렸다. 피부를 스치는 겨울의 찬바람 따윈 느낄 거를도 없었다.

"여러분 저 가수 이수입니다. 오늘 오후 여섯 시에 보라매 공원에서 제 콘서트가 있습니다! 춥다고 움츠리고 계시면 더 아픈 법이죠. 오셔서 신나게 즐겨주시면 감사하겠습니다!"

"오, 이수야. 진짜 이수라고."

"어머! 오늘 게릴라 콘서트하는 거야? 저 꼭 갈게요, 오빠!"

길거리에서 수를 알아본 젊은 여성 팬들이 손을 흔들며 열 광했다.

그러자 유민수가 살짝 놀란 듯 말했다.

"이러다 진짜 여성 팬으로만 목표 인원 꽉 채우시는 거 아 니에요?"

"누구라도 좋으니, 꼭 다 채웠으면 좋겠네요. 저기서 내려 주세요."

명동 유네스코 거리 초입에 차가 섰다. 수가 내리자마자 뒤 따라온 스태프들이 촬영을 위한 모든 세팅을 마무리 지었다.

"리 쇼우?"

몰려든 인파들 틈에서 중국 관광객들이 수를 발견하곤 비 명에 가까운 소리를 내질렀다.

그 덕에 다른 중국 관광객들도 단숨에 수를 알아보고 몰려 들어 삽시간에 주변이 인산인해를 이뤘다.

명동 천주교 성당까지 이어지는 유네스코 길이 몰려든 인파로 발 디딜 곳조차 찾기 힘들었다.

수는 유창한 중국어로 홍보했다.

"여섯 시 보라매공원입니다! 지하철을 타고 오시면 지척인 거리입니다. 오늘 꼭 와주세요!"

"꼭 갈게요. 사랑해요!"

"나 한국 오길 너무 잘했어. 리 쇼우 오빠 공연이라니! 일생일대의 추억이 될 거야."

너무 좋아서 발만 동동 구르는 중국 여성 팬들이 보일 정도였다. 그만큼 반응은 폭발적이었으며 뜨거웠다.

최근 중국의 한 포털 사이트 인기투표에서 사귀고 싶은 남자 1위에 선정될 만큼 수는 압도적으로 여성 팬의 지지를 받고 있었다.

그러나 중국 남성 관광객들이나 한국 남성들의 반응은 싸늘했다.

"음, 시간 빼서 갈 만하려나?"

"나 쟤 솔직히 밥맛이야. 생긴 거부터 영."

"별로 가고 싶은 마음이 안 드네."

질투는 꼭 여자만의 전유물이 아니다. 남자들은 수가 딱히 외모가 잘생기지 않았음에도 불구하고 여자 친구, 누나, 엄마 등이 열광을 하는 모습에 상대적인 박탈감을 느꼈다.

바로 그때 생각지도 못한 구원투수가 등장했다.

"안녕하세요! 저 국보소녀의 지아예요."

앞서 방송된 게릴라 콘서트 1, 2화에서도 지아는 중립을 지켰다. 곁에서 도움을 주며 거들긴 했지만 MC라는 특성상 적극적으로 개입을 하지 않았다.

그런데 오늘은 달랐다. 남자를 살살 녹이는 애교까지 얹어 아양을 부렸다.

"있잖아요, 꼭 와주면 안 돼요? 특히 스페셜한 듀엣 무대도 준비해서 알차게 채워뒀거든요."

"가야죠!"

"갑니다, 목숨 걸고 갑니다!"

남성 팬들이 눈에 힘을 주고 소리쳤다.

그 열기에 지아가 더 큰 불을 질렀다.

"그런 의미에서 가볍게 댄스타임 갑니다!"

지아가 앞쪽에 나오며 코트를 벗었다. 겨울임에도 짧은 핫팬츠에 딱 붙는 셔츠를 입은 터라 몸매 라인이 여실히 드러났다.

때마침 딱 재생되는 제이슨 데룰루의 위글.

한국에서 선풍적인 인기를 끈 클럽 노래로 골반을 돌리는 도발적인 섹시 웨이브 댄스다.

"와아아아!"

"지아! 지아!"

짧았지만 그만큼 명동이 날아갈 만큼 충격이 컸다. 잠깐이었지만 남성들의 눈 뒤집힌 환호는 군복무대 위문 공연을 온 게 아닐까 착각이 들 정도였다.

"안타깝지만 여기까지. 2부에서 더 섹시하게 쏠게요! 이따가 봐요!"

너무도 적극적인 지아의 개입에 유민수와 제작진이 당황한 듯 보였지만 이미 녹화 중이라 크게 어떤 말도 할 수가 없었다.

수는 그런 지아를 보며 마음속으로 깊은 고마움을 느꼈다.

따지고 보면 늘 수는 그녀에게 받기만 했다. 이성의 감정을 요구했기 때문에 선을 그을 수밖에 없었다지만, 되돌아보면 너무 매몰차게 대한 게 아닐까 미안했다.

그런 수의 시선을 느낀 것일까? 눈이 마주치자 지아가 옅게 웃으며 윙크를 날렸다.

'고마우면 밥이라도 사시든지요!'

입모양으로 작게 생색을 내는 그녀를 보자 수도 피식 웃고 말았다.

지아의 생각지도 못한 지원사격 덕분에 수는 남성 관객까지 확보하고 방향을 틀었다.

그러던 도중 많은 인파가 모인 건물을 발견하고 무작정 뛰어갔다.

"웨딩홀이잖아? 에잇, 못 먹어도 고!"

수는 고민할 필요도 없이 그곳으로 방향을 잡고 돌진했다.

연예인과 제작진이 불시에 등장하자 웨딩홀이 발칵 뒤집혔다.

수는 다행히 직원의 도움을 받아 신부대기실로 돌진할 수 있었다. 깜짝 놀란 신부에게 자초지종을 설명하고 사정을 구했다.

"죄송한데 제가 축가를 불러 드릴 테니, 하객분들한테 콘서트 홍보 좀 부탁드릴 수 있을까요?"

"네."

신부가 수줍게 수락하자 수는 마이크도 없이 그 자리에서 눈을 감고 노래를 불렀다.

"내게 언젠가 왔던……."

정엽의 nothing better이라는 곡으로 세레나데나 축가로 빼놓을 수 없는 곡이다.

점차 수의 진한 감성이 우러날수록 신부의 표정에도 행복이 스며들었다. 세상에 단 한 번뿐인 결혼에 걸맞은 축가이자 이벤트였기에 그 감격은 더했다.

덩달아 김재영PD도 매우 만족스러워 보였다.

'불시에 이런 맛이 있어야 참 리얼이지.'

남은 시간 00:34:34.

"이쯤하고 다음 장소로 가요."

명동에서 생각했던 것 이상으로 호의적인 반응을 얻은 수가 다음 장소를 모색했다.

차량에 탑승하자 유민수가 물었다.

"어디로 갈까요? 홍대? 강남? 아니면 잠실?"

"노(No)!"

수가 단호하게 고개를 저었다.

세 곳 모두 유동 인구가 몰리는 곳으로 게릴라 콘서트 홍보를 하기에 더없이 유리한 곳이긴 하다.

그러나 따로 생각해 둔 곳이 있었다.

"이대로 가죠."

이화여자대학교.

대한민국 최초로 설립된 여자대학으로 서대문구에 위치해 있다. '나 이대 나온 여자야'라는 말을 유행시킬 만큼 배운 여성들의 상징으로 여겨지던 대학이다.

최근에는 역 인근으로 중국인 관광객들이 몰려들며 한류의 새로운 중심지로 각광받고 있다.

"여대라면 또 남자의 로망 아니겠습니까?"

"네?"

유민수가 다 안다는 듯 눈을 슥 흘겼다.

"이수 씨 너무 노골적인데요. 이거 대놓고 여심(女心)을 잡겠다는 소리나 다름없잖아요?"

"아. 말이 또 그렇게 되네요? 아니라고는 말 못하겠네요."

수가 어깨를 으쓱해 보이며 너스레를 떨었다.

중국 관광객과 여대생 팬의 마음을 공략하려는 의중을 갖고 이대를 홍보 장소로 선택한 건 맞으니까.

지아가 팔짱을 끼곤 새침하게 말을 쐈다.

"어쩌 볼수록 선수 같단 말이야. 여자를 공략하는 데 노하우가 느껴진달까?"

"제가요? 저 여자 안 좋아해요."

"그럼 성향이 그쪽이신가? 커밍아웃 희망자?"

게이, 소수성애자 쪽으로 몰아가자 수가 정색을 하고 대답했다.

"여자 많이 좋아합니다."

"어쩐지."

"딱 걸렸네요. 하하."

화기애애한 촬영 속에서 차머리는 신촌을 향해 거침없이 나아갔다. 여느 때보다도 예능다운 대화가 오가는 상황을 만족스럽게 지켜보던 김재영PD가 컷 사인을 줬다.

"잠시 테이프 갈고 갈게요."

카메라 전원이 꺼지자 세 사람도 잠시 몸을 틀며 기지개를 켰다. 프로 의식을 갖고 촬영에 임하느라 티를 내진 않았지만 명동 거리에서부터 시작해서 차 안의 좁은 공간까지 이어지는 촬영은 고난의 강행군이었다.

그 와중에 지아가 생색을 냈다.

"오빠, 저한테 신세진 거 아시죠?"

"네? 아, 고마워요."

"말로만요?"

"피처링 기가 막히게 해줄게요. 또 밥도 사고."

여동생을 달래듯이 어르며 수가 주머니에서 휴대전화를 꺼냈다.

촬영에 방해가 될까 무음으로 바꿔놓았는데 그사이 부재중 통화가 무려 8통이나 찍혀 있었다.

"무슨 일이기에……."

매니저 승원의 부재중 통화 표시에 뭔가 불길함을 느낀 수가 제작진에 양해를 구했다.

"저 죄송한데 잠시 전화 한 통만 할게요."

"그러세요."

김재영PD의 수락이 떨어지기가 무섭게 통화 버튼을 눌렀다.

띠이— 띠이—

신호대기음이 두 번을 채 울리기도 전에 전화를 받았다.

—큰일이에요! 지금…….

"여보세요. 승원 씨? 무슨 일인데요?"

—진서 씨의 몸 상태가 악화됐어요. 도저히 콘서트에 갈 수 있는 상황이…… 지, 진서 씨. 잠시만요, 진서 씨 바꿔줄게요.

수는 초조한 마음으로 진서의 목소리를 기다렸다. 수화기 너머에서 들려오는 부스럭거리는 소리와 무언가 떨어지는 듯한 소리가 불안을 키웠다.

수가 짐작하지 못하는 저쪽에서는 진서가 떨어뜨린 전화기를 진서 엄마가 귀에 대주고 있었다.

마침내 가느다란 숨소리가 들려왔다.

—하아하아. 오빠, 나야.

진서의 정돈되지 않은 거친 숨소리.

갈라지다 못해 희미한 목소리에는 지금 그녀를 죽을 만큼 고통스럽게 하는 통증이 배어 있었다.

"진서야, 많이 아픈 거야? 어?"

—미안. 나 못 갈 거 같아…….

"뭐가? 네가 뭐가 미안한데? 그런 말 마. 콘서트야 다음에 또 있어. 그때 오면 되잖아."

먹먹해지는 감정을 억누르며 수가 괜찮다며 타일렀다.

수화기 저쪽에서 창백한 안색의 진서가 옅게 웃었다. 미처 수가 보지 못하는, 참 서글퍼 보이는 미소다.

—꼭…… 으으. 가고 싶었는데…… 몸이 말을 안 듣네.

"약속했잖아, 오빠가 보여주기로. 오빠 실없는 사람 만들 거야?"

—미안, 하아하아. 끝까지 미안.

"안 미안하다고! 그러니까 미안하단 말 하지 말라고."

—그래도 미안. 으으! 오, 오빠 있잖아, 해, 행복해. 안녕.

"……!"

수의 가슴이 쿵하고 내려앉았다.

행복해란 말이 비수가 되어 날아와 심장에 꽂혔다.

"진서야……."

—아아! 하아하아…….

수화기 너머에서 몸을 웅크린 채 통증에 고통스러워하는 신음 소리만이 귀를 가득 채웠다.

수는 입술을 질끈 깨물었다.

행복하라니.

이건 마치 마지막 작별 인사를 수에게 남긴 기분이었다. 망연자실해하는 그때, 수화기에서 다른 목소리가 들렸다.

—진서 엄마예요

"어머님, 진서 얼마나 안 좋은 거예요?"

—…….

"생전 저런 말을 한 적이 없는데 저한테 행복하라느니, 안녕이라느니 왜…….."

잠시간이 지나도록 대답이 없다.

서서히 수화기 너머로 흐느낌이 들린다. 숨죽인 울음이다.

—의사가 오늘을 넘기기 힘들다고…….

"그, 그런 말 없었잖아요!"

수가 악을 질렀다.

차 안의 모든 시선이 수에게 쏟아졌지만 그걸 느낄 겨를도 없었다.

오늘을 넘기기 힘들다니.

머릿속에 아무런 생각이 들지 않았다. 온몸에 힘이 쭉 빠지고 그저 넋이 나간 사람처럼 멍하다.

—우리 딸 딱해서 어째…… 저 애가 무슨 죄라고. 차라리 날 데려가지, 날. 아아—

"……."

진서 엄마의 곡소리가 들린다.

대성통곡에 덩달아 수의 가슴도 메어오며 갈기갈기 찢어지는 것 같았다.

'이대로 쓸쓸하게 보낼 수는 없어.'

다른 사람도 아니고 수가 가장 아끼던 후배이자 동생이다.

임종 직전까지 곁을 지켜주고 싶은 게 솔직한 심정이다.

그러나 상황이 녹록치가 않다.

지금은 녹화 중이다.

또 여섯 시가 되면 보라매공원에 설치된 야외무대에 팬들이 수를 보고자 모여들 것이다.

만약 여기서 무단으로 이탈한다면 그건 제작진뿐만 아니라 수를 찾아 보라매공원을 찾아준 팬들에 대한 배신이다.

"……."

수가 휴대전화를 내려놓은 채 가만히 생각에 잠겼다.

심각한 분위기에 그 누구도 먼저 말을 붙이지 않았다.

잠시간이 흐른 뒤 수가 고개를 들더니, 정면에 앉아 있는 김재영PD와 눈을 맞췄다.

"PD님."

그도 뭔가 심각한 일이 있음을 알고 있던 까닭이라 수의 말을 기다리고 있었다.

"말씀하세요."

"부탁이 있습니다."

"사정은 대략 짐작이 가는데 무리한 요구는 안 됩니다."

김재영PD는 수가 말도 꺼내기 전부터 선을 그었다.

총연출을 맡은 입장에서 어느 식으로든 프로그램에 해가 되거나 악영향을 끼칠 수 있는 일은 미연에 차단하고자 하는 단호한 의지가 배어 있었다.

"일전에 말씀드렸던 제 후배가 오늘을 넘기지 못할 거라고 합니다."

"그, 그런."

앞쪽에 나란히 앉아 있던 신아영 작가가 입을 손으로 가렸다.

수가 게릴라 콘서트 출연 섭외에 응한 이유가 후배 진서를 위한 것임을 알고 있던 까닭이다.

"그래서요?"

수가 뒤를 돌아봤다.

큼지막한 전자 아날로그시계는 남은 시간 00:34:34에 멈춰 있었다.

"제게 주어진 34분이란 시간을 재량껏 쓸까 합니다."

"뭐, 뭐라고요?"

김재영PD의 표정이 보기 좋게 일그러졌다. 이건 무슨 자다가 봉창 두드리는 소린가 싶을 만큼 어처구니가 없었다.

"저기요, 이수 씨. 방송이 장난도 아니고……."

"작은 콘서트를 열까 합니다."

"뭘 해요? 콘서트?"

수가 끄덕이며 단호하게 말했다.

"녹음 스튜디오, 하다못해 노래방이라도 상관없습니다. 그저 제게 남은 34분이란 시간을 진서를 위해 다 쓰고 싶습니다."

"……!"

너무 놀란 나머지 제작진의 눈에 절로 힘이 들어갔다.

3

덜덜.

진서의 몸뚱이는 절인 배추처럼 축 처져 있었다. 마약성 진통제 성분이 돌았음에도 한 번씩 몸을 때리는 통증에 사시나무처럼 몸을 떨었다.

"아…… 아."

눈알이 튀어나올 것 같은 아픔을 견디다 못해 목구멍까지 신음 소리가 치밀었다.

'죽고 싶어.'

사람들은 모른다. 암세포가 몸을 갉아먹을 때 느끼는 고통은 인간이 감당하고 인내해 낼 수 있는 성질의 것이 아니다.

'저한테 너무 모진 거 아니에요? 이렇게 죽일 거면서……
왜 희망을 줬냐고요?'

지난 몇 주간 진서는 너무 행복했다.

건강해진 모습으로 수의 콘서트를 보러가겠다는 일념으로 이를 악물고 버텼다.

그런데 이게 뭔가.

저 빌어먹을 하늘은 그녀에게 희망을 주었다가 잔인하게 앗아가 버렸다.

주르륵.

감정이 복받치며 눈물이 왈칵 쏟아졌다.

이젠 원망할 힘도 없다.

그저, 다 놓고 이대로 죽고 싶은 마음뿐이다.

"진서야."

"……."

"엄마야, 정신이 드니?"

목이 메는 부름에도 진서는 대답할 기력이 없다. 흔들리는 동공만이 정신이 있음을 알려줄 뿐이다.

"정신이 있어요. 이동해도 될 것 같아요!"

"비켜보세요."

여성 간호사들이 진서의 침상 채로 병실 밖으로 끌어냈다. 침상이 움직일 때마다 온몸을 칼로 찌르는 듯한 통증이 느껴져 진서가 움찔거렸다.

'왜 그러는데? 그냥 둬. 나 그냥 죽게 두라고.'

의사 표현을 할 힘조차 남아 있지 않던 진서가 어딘가로 끌려갔다.

밀폐된 방으로 들어가고 나서야 침상이 멈췄다.

그때까지도 진서는 눈을 뜨지 않은 채 죽음을 기다리고 있었다.

"진서야, 저길 보렴."

"……."

눈을 반쯤 뜨고 있던 진서의 고개를 돌렸다.

이곳은 의사들이 주로 이용하는 회의실이다.

왜 여길 데려왔나 의문이 먼저 들 때였다.

어두운 회의실 정면으로 빔프로젝터가 켜지더니 생각지도 못한 인물이 튀어나왔다.

ㅡ안녕, 진서야.

"……!"

회의실을 울리는 수의 목소리에 진서는 정신이 번쩍 들었다.

"수, 수 오빠."

진서는 눈을 의심했다. 헛것을 본 게 아닌가 싶어 고통이 엄습하는 와중에도 몇 번이고 눈을 깜빡여 확인했다.

하지만 진짜였다. 수는 여전히 거기에 있었다.

실시간으로 송신되는 영상이 빔프로젝터를 통해 바로 앞에 수가 있는 것처럼 출력해서 보여줬다.

영상 속의 수는 의자에 기타를 끼고 앉은 채 웃고 있었다.

ㅡ진서야, 보고 있지?

"……으, 응."

자기도 모르게 대꾸하는 진서의 입이 손으로 향했다. 방금 전까지만 해도 제 몸도 제대로 가누지 못했었는데 잠시지만 진통제라도 맞은 것처럼 고통을 잊었다.

　흐릿한 모습의 영상 속 수가 혼자 떠드는 게 어색한지 볼을 긁적였다.

　—어…… 갑자기 마련한 거라 어색하긴 한데, 예쁘게 봐주고. 오늘은 널 위해 이 자리를 마련해 봤어. 너만을 위한, 너만을 위해 준비된, 너만의 콘서트야.

　"아……."

　진서는 말을 잇지 못하고 바라보기만 했다.

　그저 좀 전에 했던 수의 말이 머리에 맴돌며 떠나지 않았다.

　너만을 위한.

　너만을 위해.

　너만의 콘서트.

　감당하기 버거울 정도의 감동이 밀려왔다.

　수가 기타 현 위에 손을 얹으며 웃는 모습이 보였다. 너무도 따뜻한 그 미소에 수의 마음이 담겨 있었다. 그 온기가 그대로 전해져 진서의 가슴을 포근하게 했다.

　—부족한 것투성이지만…… 그래도 끝까지 들어줬으면 좋겠다.

딩~ 디이잉!

수의 기타 연주가 회의실 안에 잔잔하게 울려 퍼진다. 실제 콘서트에 비하면 음질도 떨어지고 잡음도 섞여 있었지만 감동을 전하는 데는 아무런 영향을 주지 못했다.

끝내 감격을 이기지 못한 진서의 눈가에 물이 맺혔다.

암세포에 잠식당한 뒤 포기하려던 삶을 지금껏 악착같이 버텨왔다. 이유는 오로지 수의 콘서트를 보고자 함이었다.

그러나 어젯밤부터 몸이 급격하게 안 좋아지기 시작했다.

'다 포기했었는데, 전부 다.'

진서도 스스로의 몸 상태가 최악으로 치닫고 있다는 걸 어렴풋이 느끼고 있었다.

'나 곧 죽을 거야. 어차피 죽을 거면…… 빨리 죽고 싶어. 이 고통에서 해방될 수 있게.'

절망이 많은 걸 내려놓게 만들 때였다.

기적이 일어났다.

마지막 소원이나 다름없었던 수의 콘서트를 화상 기술을 이용한 원거리 송신 방송으로 병원에서 볼 수 있게 된 것이다.

딩~ 디잉~

'어? 이거 오빠 노래가 아닌데?'

그 와중에도 진서가 고개를 갸웃거리며 의아해했다.

이 곡은 수의 노래가 아니다.

생소할 수도 있는 곡의 정체는 드라마 학교 2013의 OST 수록곡이었다.

우리가 한 번쯤을 겪었을 만한 학창시절의 방황, 혼란, 충돌, 사랑, 고민 등을 나눈 드라마의 메인 테마곡으로 오디션 프로그램 출신 가수 김보경이 불러 크게 회자가 되었었다.

'혼자라고 생각 말기.'

아련하게 기억 저 너머에서 맴돌던 노래의 제목이 떠올랐다.

진서에게 진통제가 되어주는 기타 연주가 무르익어 갈 무렵, 영상 속의 수가 드디어 입술을 열었다.

지치지 않기 포기하지 않기
어떤 힘든 일에도 늘 이기기

너무 힘들 땐 너무 지칠 땐
내가 너의 뒤에서 나의 등을 내줄게

언제라도 너의 짐을
내려놓아도 된다고

"아…… 아."

진서는 울컥하는 감정을 주체하지 못했다.

가사의 구절구절이 모두 너무도 진솔하게 가슴에 와 닿았다. 수가 죽음을 앞둔 그녀에게 끊임없이 상기시켜 주듯 말했다.

'넌 혼자가 아니야.'

그간 말하지 못했지만 진서는 잠을 이루지 못할 만큼 무서 웠다.

죽음.

그건 영원한 작별을 의미한다.

그 두려움과 동시에 찾아오는 고독.

아무도 모를 것이다.

뜬눈으로 밤을 지새우며 흐느끼는 걸.

지금 잠에 들면 다시 깨지 못할 것 같은 막연한 공포에 밤 마다 이불 속에서 굼벵이처럼 몸을 말고 떨었다.

그런 그녀를 수는 위로한다.

격려, 돌봄, 관심, 용기, 희망…….

그저 말로만 떠들던 형식적인 위로가 아니다.

'늘 곁에 있어줄게. 힘들 때 기대.'

긍정적인 어떤 단어들로도 표현이 되지 않던 진짜 위로를 수는 하고 있다.

혼자라고 생각 말기

힘들다고 울지 말기

너와 나 우리는 알잖아
네가 나의 등에 기대

세상에서 버틴다면
넌 내게 멋진 꿈을 준 거야

수는 목에 힘을 빼고 기타의 선율에 맞춰 후렴을 열창했다. 미성은 아니지만, 원곡의 여성스러운 감성을 최대한 살린 매끄러운 고음.

투박하고 남성스러운 외침이 아니다.

듣는 내내 몸의 긴장이 풀린다. 몸을 관통하는 고통도 사라지고 포근하게 감싸주는 느낌을 받는다.

주르륵.

진서의 붉어진 눈시울에 뜨거운 눈물이 타고 흘러내린다.

눈물의 의미?

잘 모르겠다.

그저 봇물이 터진 듯 그간 참고 있던 눈물이 하염없이 흘렀다.

그래.

수의 음률은 마치 엄마의 손길과 같았다.

태초의 요람으로 돌아가 엄마의 심장박동에 모든 걸 맡기고 눈을 감은 듯한 그런 착각이 든다.

'난 혼자가 아니야. 혼자가 아니라고.'

후렴부의 클라이맥스를 듣는 내내 진서는 마음속으로 주문을 외우듯 바랐다.

위로는 그리 거창한 게 아니다.

말없이 손을 잡아주는 것만으로도, 상대방의 손길, 체온만으로도 위로가 되어준다.

지금이 그랬다.

시한부 판정을 받은 이후로 느낀 절망, 원망, 두려움, 공포 등 부정적인 감정들이 눈 녹듯이 싹 사라진다.

더 이상 혼자가 아니라는 믿음.

진서가 느끼는 위로만큼이나 가슴 벅참을 느끼는 이들이 또 있었다.

"아……."

"눈에 뭐가 들어갔나? 자꾸 눈물이 나네."

비스듬하게 열린 회의실 문틈으로 고개만 내민 간호사들이 손매로 눈가를 훔쳤다.

무게는 달랐지만 힘겹게 오늘을 살아가는 그녀들에게도 수의 노래는 적지 않은 위로가 되어주었다.

1절이 끝나고 잠시 반주가 흐르며 숨을 돌릴 때였다.

"이 쌤, 뭐해? 동영상 찍어?"

"……혼자 보기에 너무 아쉽잖아요."

간호사는 이 순간을 놓치지 않고 싶은 듯 휴대전화에 영상을 담았다. 비록 그녀가 주인공은 아니지만 이 감동스러운 콘서트를 영원히 기억하고 싶은 욕심이 생겼다.

반주가 끝나고 수가 다시 노래했다.

성급하게는 생각하지 말기
정말 잠이 올 때면

그 자리에 기대어
너무 지친 몸을 잠시라도 쉬게 해줘

혼자라고 생각 말기 힘들다고 울지 말기
너와 나 우리는 알잖아 네가 나의 등에 기대

세상에서 버틴다면
넌 나의 지지 않는 꿈을 준 거야

감동의 여운은 지워지지 않는다.

덩달아 진서는 바다에 몸을 맡기고 누운 듯한 편안함마저 느꼈다.

세상 무엇과도 바꿀 수 없는 큰 위로를 받았으니까.

그때였다.

"......!"

꽉!

진서가 가슴에 손을 얹고 주먹을 꽉 쥐었다.

호흡을 할 때마다 쉰 소리가 흘러나온다. 숨쉬기조차 힘든 통증에 온몸이 갈기갈기 찢겨 나가는 통증이 밀려 온 것이다.

'조금만 더…… 더 듣고 싶어. 제발, 버텨줘.'

겨우 반쯤 뜬 눈으로 진서는 간절하게 바라고 또 기도했다.

이 몸뚱이가 으스러지더라도, 납덩이처럼 무거운 이 눈을 다시 못 뜨더라도, 마지막이 될지도 모를 지금 이 순간을 조금이라도 느끼고 기억하고 싶었다.

노래도 끝을 고해간다.

이제 아련하게 남은 기타의 여운을 끝으로 수가 마지막 구절을 읊조렸다.

"우리라는 건…… 네가 힘이 들 때에, 같이 아파하는 것."

'같이 아파하는 거.'

마지막 구절을 듣는 순간 진서는 가슴이 탁 트이는 느낌을 받았다.

누구도 이 고통을 이해하지 못할 거라 생각했다. 엄마도 지금 그녀가 얼마나 아픈지는 모를 거라고 생각했다.

근데 아니다.

엄마는 그 이상으로 아팠다. 지금까지 같이 아파했던 것이다.

'바보같이…… 난 너무 이기적이었어.'

그 뒤로도 수의 콘서트는 계속됐다.

이제까지 어디서도 보인 적 없는 최고의 무대를 보여주기 위해 아낌없이 모든 실력을 쏟아부었다.

그러나 어느 순간부터 진서는 노래를 듣지 못했다.

눈이 감긴다.

귀도 먹먹하다.

정신이 몽롱하다.

육체의 한계를 정신이 버티지 못한 것이다.

"진서야!

두 눈을 꼭 감은 채, 절인 배추처럼 축 처져 있는 진서를 확인한 엄마가 악을 썼다.

"정신 차려. 네가, 네가 그리 보고, 듣고 싶어 하던 콘서트 잖아. 어서."

"……."

"도, 도와줘요. 우리 딸 진서 좀 살려줘요."

진서 엄마의 울먹거림에 콘서트에 넋이 나가 있던 간호사들이 다급하게 이동식 병상을 회의실 밖으로 끌어냈다.

그 뒤를 따르면서 진서 엄마는 딸의 손을 꼭 잡고 놓지 않았다.

이 손을 놓으면 마지막이 될 것 같아서.

이대로 딸을 보내야 할 거 같은 두려움에 결코 놓을 수가 없었다.

"너 웃니?"

"……."

"미련한 것아, 그렇게 웃으면…… 엄마는, 이 엄마는 어쩌라고……."

마치 그 미소가 잘 있으라는, 엄마에게 건네는 작별같이 느껴졌다.

걱정하지 말란 딸의 위로같이 전해져서, 엄마를 더 아프게 했다.

이젠 진짜 이별을 준비할 시간이다.

4

"저 잠시만요."

김재영PD의 사인에 열창을 하던 수의 발성과 연주가 딱 멈췄다.

왜 그러냐는 시선에 매니저 승원에게 소식을 전달받은 그가 안타깝게 입을 열었다.

"진서 씨가 의식을 잃고 쓰러졌다고 합니다."

"······!"

수는 망치로 머리를 얻어맞은 듯한 충격에 순간적으로 넋을 놓았다.

'괜찮은 거지? 아직 버틸 수 있는 거 맞지?'

마음 같아선 방송이고 뭐고 다 때려치우고 당장에라도 진서에게 달려가고 싶었다.

그러나 그건 결코 진서가 바라는 일이라고 생각되지 않았기에 그런 무모한 짓으로 눈앞의 일을 버리지 않았다.

그저 기도했다.

죽지 말라고.

내가 갈 때까지만 살아 있어달라고 바랐다.

"어이."

김재영PD가 뒤쪽의 조연출에게 컷 사인을 보냈다. 그러자 대형 아날로그 전자시계가 멈췄다.

남은 시간은 00:08:21초.

딱한 시선으로 콘서트를 보던 지아와 유민수가 다가와서 격려했다.

"오빠는 최선을 다했어요. 그분도 분명······ 감동받으셨을 거예요. 그러니까 그런 표정 짓지 마세요."

"평생 잊지 못할 콘서트였어요. 진서 씨라고 했죠? 그분은
분명 행복하셨을 겁니다."

수가 희미하게 웃으며 김재영PD를 쳐다봤다.

"PD님, 무리한 부탁이었을 텐데 들어주셔서 감사합니다."

수는 진심을 담아 고맙다는 말을 전했다. 이유야 어찌 됐든
간에 그의 허락이 없었다면 원격으로나마 진서에게 콘서트를
해줄 수가 없었던 까닭이다.

"저야 뭐, 수 씨가 먼저 촬영 허락을 해준 셈이니……."

쑥스러운 마음이 들었는지 김재영PD가 시선을 돌려 볼을
긁적였다.

"그보다 시간이 8분 정도 남았는데, 어떻게 하실래요?"

"……."

수는 잠시 말을 잃었다.

다들 숨죽이고 대답을 기다리는데 크게 심호흡을 하고 말
했다.

"홍보해야죠."

"하실 수 있겠습니까?"

"못 하더라도 할 겁니다. 날 보러 오실 팬분들을 위한 예의
니까."

단호한 수의 말에 지아와 유민수도 결의에 찬 표정을 지

었다.

"얼마 남지 않은 시간이지만 저도 도울게요!"

"자, 그러면 서두르죠!"

끝까지 포기하지 않는 세 사람을 바라보는 신아영 작가의 표정은 편치 못했다.

'가능할까? 7천 명이?'

안 그래도 수의 목표 인원은 앞선 가수들에 비해 높다. 중국 관광객들을 포섭한다는 계획은 좋았으나 예정에도 없이 소비한 시간이 너무도 컸다.

긍정적으로 생각하고 싶었지만, 자꾸만 비관적인 생각으로 머리가 가득 찼다.

'기적이 일어나지 않는 한…… 실패할 거야.'

이제까지 그녀의 예상은 틀린 적이 없기에 불길함이 더욱 증폭됐다.

'제발, 성공했으면…….'

프로그램 작가를 맡은 이래 오늘처럼 미션 성공을 간절히 바라기는 처음이다.

5

호스피스 병동 프런트.

차트를 확인하던 간호사가 스윽 눈치를 보더니 휴대전화를 만지작거린다. 아까 수의 콘서트를 동영상 녹화하던 이 간호사다.

"동영상이라 그런지 업로드가 좀 오래 걸리네."

이 간호사는 다름 아닌 소셜 네트워킹 마니아다. 시간이 날 때면 인증 사진이나 근황을 올리는 게 삶의 낙이자 즐거움이다.

"완료!"

글이 무사히 올라간 걸 확인하고 나서야 간호사는 미뤄뒀던 차트를 확인하며 다시 업무에 집중했다.

그때까지 아무도 몰랐다.

SNS를 타고 순식간에 퍼지게 된 이 동영상이 써 내려가게 될 기적을 말이다.

『내일을 향해 쏴라』 13권에 계속…

안녕하세요, 김형석입니다.

12권을 쓰는 내내 수의 건강 문제에 대한 고민이 많았습니다.

가수와 프로 바둑기사의 겸업으로 인해 바쁘다곤 한, 본인의 건강관리 미흡으로 독감에 걸린다는 설정은 아무래도 공감을 얻기 힘들었나 봅니다.

이 부분에 대해서 저는 좀 다르다고 생각했습니다. 건강 이상 증세라는 것이 예방도 중요하지만, 무리를 하다 보면 누적이 되고 어느 선을 넘게 되면 적신호를 켜기 때문이죠. 저 역시 그런 맥락으로 쓰고자 했으나 그 과정이 매끄럽지 못했던 듯싶습니다.

나도 가수다를 진행하면서 곡의 선정에 꽤나 애를 먹습니다.

고 김현식 씨의 내 사랑 내 곁에 같은 경우 모 프로그램에 출연하신 하동균 씨의 편곡과 김진호 씨의 편곡을 적절히 혼합해 참고했습니다.

뒷부분에 나오는 혼자라고 생각 말기는 원곡에 가깝네요.

여러 모로 노래의 선택에 많은 고민이 들어가고 어려움이 있는 게 사실입니다.

그만큼 독자분들께서도 이 글을 읽는 동안만큼은 노래를 찾아서 들어봐 주시길 바라며 전 이만 글을 마치겠습니다.

감사합니다.